Das Geheimnis der Truhe - Band 3

Die Rettung

Gerhard Somieski

ÂF175961

Das Geheimnis der Truhe

Band 3

Die Rettung

von

Gerhard Somieski

Bibliografische Information der Deutschen Nationalbibliothek:
Die Deutsche Nationalbibliothek verzeichnet diese
Publikation in der Deutschen Nationalbibliografie;
detaillierte bibliografische Daten sind im Internet über
http://dnb.dnb.de abrufbar.

© 2021 Gerhard Somieski

Herstellung und Verlag:
BoD – Books on Demand, Norderstedt
ISBN: 9783754323403

Das Astro-Foto vom Stern *Beteigeuze* auf dem Umschlag wurde mir freundlicherweise von *Mehmet Ergün* zur Verfügung
gestellt.

Quelle: https://www.sternwarte-
kreuznach.de/assets/Uploads/12a6e6ecee/Bild12.jpg

Die Hauptpersonen

Lisa Laurin - 14-jähriges junges Mädchen

Jonas Laurin - 12-jähriger Bruder von *Lisa*

Sisa Laurin - 15-jährige Außerirdische, Freundin
Lisas

Mark Laurin - Vater von *Lisa* und *Jonas*

Mira Laurin - Mutter von *Lisa* und *Jonas*

Wolfie - 3-jähriger Hund von *Jonas*

Chu Fur - Außerirdischer von *Belatera*

Karila Samil - Jugendliche auf *Belatera*

Mirati - Jugendlicher auf *Belatera*

Aftilis - Jugendliche auf *Belatera*

Pietro Cantos - Generalsekretär, Vereinte Nationen

Ort und Zeit der Handlung

Ostküste *Australiens* im Jahre 2037 n. Chr.

Dieses Buch ist mit großer Zuneigung meinen
fünf Enkelkindern gewidmet:

Emanuel, Fridolin, Emma, Jonathan und Maya

Gerhard Somieski,
Gilching, im Sommer 2021

Vorwort

Die beiden Geschwister *Lisa* und *Jonas* haben eine aufsehenerregende Entdeckung gemacht: Mit den Plänen aus einer geheimnisvollen Truhe haben sie in den Bergen *Australiens* das Depot von Außerirdischen gefunden, die vor 3 Millionen Jahren auf der *Erde* gelandet sind und damals die primitiven Menschen genetisch verbessert haben. Die Außerirdischen stammen von dem Riesenstern *Stalata*, der ihren Planeten *Belatera* zu vernichten droht. Mit den beiden dort vorgefundenen Androiden *Alataa* und *Alatee* besuchen sie die vor der Küste versenkte Zentrale[1], ein Raumschiff der Außerirdischen. Ein Mädchen der Außerirdischen, *Sisa*, erwacht aus dem Tiefschlaf[2] und lebt fortan bei ihnen. (Band 1: Das Geheimnis der Truhe).

Als *Lisa* in der Bibliothek der Zentrale mysteriöse Eintragungen findet, die auf geschichtliche Epochen hinweisen, öffnen sich für *Lisa*, *Jonas* und *Sisa* durch die Technik der Zentrale fantastische Möglichkeiten, in die Zeit der Pharaonen, in das alte Babylon und in das Stonehenge der Briten zu reisen. (Band 2: Die Geheimnisse der Götter).

Nachdem der vor mehr als 4600 Jahren auf die *Erde*

---

1 Zentrale – das vor der Küste *Australiens* im Meer verborgene Raumschiff der Außerirdischen

2 Tiefschlaftechnik – In eingefrorenem Zustand kann der Körper viele Jahrtausende überdauern ohne zu altern

gekommene *Chu Fur* aus *Belatera*[3] in verschiedenen Geschichtsepochen auf der *Erde* gewirkt hat (Band 2), entschließt er sich, zukünftig in der Gegenwart der *Erde* zu leben. Er reist mit Hilfe der Tiefschlaftechnik, die in seinem kleinen, verborgenen Raumschiff installiert ist, in die Zukunft und dann zur Zentrale, die im Meer vor *Australiens* Küste verborgen ist. Dort gibt er sich den Kindern *Lisa*, *Jonas* und *Sisa* zu erkennen. Diese sind sehr erstaunt und freuen sich sehr, ihn zu sehen. Doch *Chu Fur* hat einen Wunsch und einen kühnen Plan.

Chu Fur erklärt: "Nachdem ich zu euch gekommen bin und sehe, dass die *Erde* in der Gegenwart so fortschrittlich und aufgeschlossen geworden ist, habe ich mir mein großes Anliegen noch einmal durch den Kopf gehen lassen. Ich möchte mein Volk retten und ihm ein dauerhaftes Asyl auf der *Erde* ermöglichen. Wir könnten mit Hilfe der fortschrittlichen Technik hier in der Zentrale Verbindung mit *Belatera* aufnehmen, etwa 3000 Jahre in der Vergangenheit. Sie müssten ein Sternenschiff ausrüsten und es zur *Erde* lenken. Im Tiefschlaf würden sie nach 3000 Jahren in der Gegenwart ankommen und auf die *Erde* übersetzen. Dort, wo ihnen die Menschheit einen Platz zum Leben schenken würde, könnten sie mit neuer Hoffnung ein neues Leben beginnen.
Was haltet ihr von meinem Plan?"

---

3   *Belatera* – der Heimatplanet der Außerirdischen, ihre *Sonne* heißt *Stalata*, in irdischer Sprache *Beteigeuze* im Sternbild *Orion*

I - Auf der *Erde*

1 *Chu Fur* hat einen Plan

Auch am nächsten Morgen spricht *Chu Fur* in der Zentrale von nichts anderem als von seiner Idee, die Menschen von *Belatera* zu retten. Er malt es in blumigen Bildern aus, wie das gelingen könnte. Dazu hat er sich über Nacht von einem der Sprachcomputer die moderne menschliche Sprache eintrichtern lassen, die er nun perfekt beherrscht.

"Ja, mit dem *Kirikata*[4] müsste man mit ihnen Kontakt aufnehmen und ihnen anbieten, zur *Erde* auszuwandern. Wie ich die Zivilisation auf *Belatera* kenne, sollte das keine unüberwindliche Hürde darstellen. Sie sind technisch so weit entwickelt, dass sie die Mittel besitzen, das in die Realität umzusetzen. Selbst wenn alle ihre Raumschiffe zerstört oder unbrauchbar sind, dann sollten sie in der Lage sein, in kurzer Zeit eines zu bauen. Als ich vor 7600 Jahren von dort aufgebrochen bin, da gab es jedenfalls noch ein oder zwei weitere Raumschiffe in Bau. Aber wer weiß."

"Aber wir müssen doch der Welt deinen Plan erst vorstellen, ehe man deinem Volk das schmackhaft machen soll. Wie sollen wir vorgehen?", fragt *Lisa*

---

4 *Kirikata* – Gerät, mit dem eine gedankliche Verbindung mit einem anderen Lebewesen über Raum und Zeit aufgebaut werden kann

in die Runde.

"Wir sollten wohl unsere Eltern informieren, sie kennen sich sicher aus, wie wir es anpacken können. Es ist vielleicht das Nächstliegende, zuerst unser eigenes Land zu unterrichten und unser Parlament für unseren Plan zu begeistern. Dann kann er den Vereinten Nationen vorgelegt werden. So sehe ich das, meint ihr nicht auch?" *Jonas* blickt sich fragend um und mustert zuerst *Lisa*, dann *Sisa* und *Chu Fur*. Und zuletzt streichelt er seinen Hund *Wolfie* über den Kopf und meint: "Und was sagst du dazu, *Wolfie*?"

Der freut sich, so angesprochen zu werden und bekundet mit einem freudigen, kurzen Bellen seine Zustimmung.

Auch *Chu Fur* sieht ein, dass erst in demokratischer Weise über einen so weitreichenden Plan abgestimmt werden muss: "Du hast recht, wir müssen uns die Zustimmung der Regierungen einholen. Ich hatte ganz vergessen, dass ich ja nicht mehr so ein Alleinherrscher bin, wie in meinen früheren Leben hier auf Erden, als Pharao in *Ägypten*, als Magier in *Britannien* und als Gott *Marduk* in *Babylon*. Da habe ich einfach befohlen und die Menschen mussten mir zu Willen sein. Aber jetzt ist eine andere Zeit, das Volk darf und muss mitentscheiden über die Geschicke. Das ist gut so. Lasst uns also für unsere Idee um Zustimmung werben."

Sisas Augen leuchten, ein Lächeln liegt auf ihrem

hübschen Antlitz und leise raunt sie *Lisa* zu: "Du kannst dir gar nicht vorstellen, wie sehr ich mich freue. Rettung für mein Volk!"

2 Eine Überraschung für die Eltern

Früh am Morgen verabschieden die Freunde und *Chu Fur* sich von der Androiden-Besatzung der Zentrale.

"Kommt bald wieder hier vorbei, wir freuen uns doch jedes mal so, wenn wir euch sehen," ruft ihnen *Karimo*, der Kommandant, nach. Nachdem sie ihre Sachen zusammengepackt haben brechen sie von der Zentrale auf und fahren mit dem Bus nach *Hummer*, nach Hause. Dort treffen sie im Laufe des Vormittags ein und stellen ihren Eltern erst einmal *Chu Fur* vor.

Mark und *Mira Laurin* sind voller Staunen, als sie ihn sehen und seine Geschichte in Kurzform hören. *Mark* ist ganz begeistert: "Dass du ein Außerirdischer bist, ich glaube es kaum. Und deine außergewöhnliche Lebensgeschichte! Das musst du uns alles noch ganz ausführlich erzählen, was du in deiner Vergangenheit auf Erden gemacht und erlebt hast. Fast unglaublich, aber wir glauben euch, nicht wahr *Mira*?"

"Ja, sicher, obwohl ich das alles auch erst verdauen muss. Das *Kirikata*, ein weiterer Bewohner aus *Belatera*, und die Zeiten von *Chu Fur* auf Erden. Wie ist das nur alles möglich?"

Den ganzen Nachmittag und Abend erzählen die Kinder abwechselnd mit *Chu Fur*, welche Abenteuer sie in verschiedenen Epochen der *Erde* erlebt haben, wen sie dabei getroffen haben und was es mit dem *Kirikata* auf sich hat.

Mira an ihre Kinder gewandt: "Und ihr drei habt das auch ausprobiert, ohne dass es euch geschadet hat? Nur gut, dass ich davon nichts gewusst habe, ich wäre gestorben aus Angst um euch, denn wie es sich anhört, waren da schon einige Gefahren zu meistern, nicht wahr?"

"Ach was, nicht wirklich gefährlich, wie du siehst, sind wir total heil und gesund und ich bin elend froh, dies erlebt zu haben!", ruft *Jonas* selbstbewusst.

Es wird ein langer, spannender Abend, denn *Chu Fur* ist ein guter Erzähler und er kann seine Zuhörer mit den Erlebnissen aus seinem früheren Leben fesseln. Erst spät in der Nacht kommen sie zur Ruhe, um zu schlafen, *Chu Fur* bezieht das Gästezimmer.

3 Der nächste Morgen und erste Pläne

Am nächsten Tag sitzen alle gemütlich beim Frühstück, als *Lisa* das Wort ergreift: "Wir wissen, dass es für euch eine Riesenüberraschung war, einen weiteren Bewohner von *Belatera* kennenzulernen, aber es gibt noch eine weitere Neuigkeit. Und die ist geradezu sensationell. *Chu Fur*, erzähle doch bitte meinen Eltern von deinem Plan!"

Chu Fur ist etwas überrascht, so in den Mittelpunkt gerückt zu werden, aber er ist es ja gewohnt das Wort zu ergreifen und so beginnt er zu erklären: "Um es kurz zu machen, meine Idee ist es, alle Menschen auf *Belatera* zu retten, indem wir sie einladen zur *Erde* auszuwandern. Ihr wisst ja, dass *Belatera* eine verlorene Welt ist. Der Stern *Stalata* wird sehr bald explodieren und das gesamte Leben in diesem Sternensystem zerstören. Und deshalb müssen wir den Menschen dort ein Asyl auf der *Erde* anbieten. Das ist mein Plan. Was sagt ihr dazu, wollt ihr uns helfen?"

Mira und *Mark* blicken sich kurz an, dann sprudelt es aus beiden heraus: "Großartig, ein großartiges Vorhaben, wenn es möglich wäre zu helfen, dann sind wir dabei."

Und *Mark* fragt nach: "Habt ihr denn schon einen konkreten Plan, was zu tun ist? Ihr habt euch doch wahrscheinlich schon einige Gedanken gemacht, wie das zu realisieren ist. Über die technischen Möglichkeiten und die Einzelheiten müsst ihr uns noch aufklären."

"Meine Idee ist es, dass die Menschen von *Belatera* sich mit einigen großen Raumschiffen, die mit der Tiefschlaftechnik ausgerüstet sind, zu uns zur *Erde* begeben. Dazu müssten wir sie zuvor kontaktieren und ihnen diesen Plan vorschlagen. Mit dem *Kirikata* ist das möglich, auch wenn wir sie in der Vergangenheit aufsuchen."

"Ah, so, ich beginne zu verstehen. Ihr wollt ihnen diese Möglichkeit zur Rettung erklären, indem ihr sie einige Tausend Jahre in der Vergangenheit aufsucht und sie motiviert, sich auf die lange Reise zu begeben. Ihr müsst klären, ob die Bewohner von *Belatera* überhaupt noch über die technischen Möglichkeiten einer derartigen Raumfahrt verfügen.

Aber auch hier auf Erden sind sicherlich noch einige Fragen zu erörtern. Die Hauptfrage ist, ob die Menschheit Außerirdischen Asyl gewähren will, und wenn ja, wo das sein könnte."

"Ja, genau das sind die Fragen, die wir hier auf der *Erde* angehen müssen. Also wir müssen unsere Politiker davon überzeugen und schließlich auf internationaler Ebene eine Zustimmung erreichen. Dabei brauchen wir sicherlich eure Hilfe."

Mark nickt und gibt zu bedenken: "Wir müssen die Repräsentanten unseres Staates davon überzeugen und die ganze Sache dann vor die Vereinten Nationen bringen. Ich will mich dafür verwenden. Einige der Politiker kenne ich, und werde sie ansprechen. Es wäre vielleicht auch ganz vorteilhaft, wenn wir diese Initiative in den Medien groß herausbringen. Ich bin sicher, dass es sehr bald eine Riesenwelle an Zustimmung geben würde und dann kann man eine Volksabstimmung planen. Natürlich braucht es auch eine weltumspannende Meinung zu diesem Vorhaben. Aber bei der Begeisterung, die die Entdeckung von euch Außerirdischen auf der *Erde* ausgelöst hat, bin ich zuversichtlich, dass eine große Bereitschaft besteht, alle *Belateraner* aufzunehmen. "

Mira wirft ein: "Ich könnte mich um die Aufnahme des Themas in den verschiedenen Medienkanälen bemühen, ich habe da einige gute Beziehungen zu manchen Verantwortlichen der Branche. Und es sind ja seit vielen Jahren am Gemeinwohl orientierte Kanäle, die von unserem Staat gefördert und unterhalten werden. Jeder Bürger hat das Recht, allgemein interessierende Themen aufzugreifen und zur Volksabstimmung anzumelden. Das bekommen wir hin!"

Lisa nickt und meint: "Also, fangen wir an. Und verteilen wir Aufgaben. Du, Mama, bemühst dich bitte um Kontakte zu den Medien und du Papa kannst ja schon mal unsere Abgeordneten ansprechen. Wir Kinder werden uns direkt an die Weltöffentlichkeit wenden und *Chu Fur* vorstellen. *Sisa* ist ja berühmt und sogar in den Vereinten Nationen vertreten. Sie hat die richtigen Hebel, um unser Anliegen weltweit publik zu machen. Wir müssen eben von mehreren Seiten dieses Thema öffentlich machen."

4 Eine Kampagne beginnt

Noch am gleichen Tag hat *Sisa,* die ja einen Sitz bei den Vereinten Nationen hat, eine Sitzung dort in *New York* beantragt. Ihr Antragsthema "Das Schicksal von *Belatera* und eine mögliche Lösung", ruft großes Interesse hervor und so wird vom Generalsekretär schon in vier Wochen eine Dringlichkeitssitzung anberaumt. Dazu werden alle Staaten ihre Vertreter nach *New York* entsenden, um gemeinsam über den Antrag zu entscheiden.

Mark und *Mira* sind auch nicht untätig geblieben. Sie haben die örtlichen Medien, also die Zeitungen und den Radio- und Fernsehsender informiert und ein lebhaftes, ja wohlwollendes Echo gefunden. Seitenlang ist in den folgenden Tagen darüber in der Presse geschrieben worden und einige Fernseh- und Rundfunksendungen haben sie zu sich eingeladen, um das Thema vorzustellen und zu diskutieren. Darauf hin sind auch die Politiker hellhörig geworden. Das Parlament will den Fall in den nächsten Wochen behandeln.

Chu Fur muss sich den australischen Behörden vorstellen. Er beantragt die australische Staatsbürgerschaft. Dort ist man erst verständlicherweise sehr misstrauisch, aber nach langwierigen biologischen und genetischen Untersuchungen und Abgleich mit *Sisas* Erbgut ist auch den Ämtern klar, dass er tatsächlich ein Außerirdischer ist. Als seine Lebensgeschichte bekannt wird, ist er wochenlang das Hauptthema in sämtlichen Zeitungen, Fernsehkanälen und den sozialen Medien. Mehrere Buchverlage bieten ihm an, seine Lebensgeschichte abzudrucken. Welche Sensation!

Chu Fur bekommt im Schnellverfahren die Staatsbürgerschaft Australiens zugesprochen und ein Pass wird ihm ausgestellt. Jetzt darf er in alle Länder auf der *Erde* reisen. Nach diesem ersten Erfolg wird sofort das erste Reiseziel festgelegt: Zusammen mit *Sisa* fliegt er nach *New York* zur UNO[5].

---

5 UNO - United Nations Organization, Vereinte Nationen

5 *Sisa* und *Chu Fur* bei der UNO

Pünktlich um 9 Uhr beginnt die Sitzung. Vertreter von mehr als 200 Staaten sind anwesend und warten gespannt auf das Erscheinen der beiden angekündigten Außerirdischen. Als diese den Sitzungssaal betreten, brandet großer Jubel auf. *Sisa* ist ja ungeheuer beliebt und bekannt auf der Welt und alle sind neugierig auf ihre Begleitung, auf *Chu Fur*.

Sisa ergreift das Wort: "Sehr geehrte Damen und Herren, verehrte Vertreter der Staaten dieser Welt! Mich kennen sie ja, ich bin *Sisa* von *Belatera*. Lassen Sie mich heute eine Neuigkeit vorstellen, von der sie vielleicht schon aus den Medien gehört haben. Ja, es ist wahr, ein weiterer Angehöriger von *Belatera* ist hier. Sein Name ist *Chu Fur*. Kurz gesagt, er ist vor etwa 4600 Jahren mit einem Raumschiff zur *Erde* gekommen. Er hat in verschiedenen Zeitaltern auf der *Erde* gelebt und gewirkt. Dies ist ihm mit Hilfe der Tiefschlaftechnik gelungen, so dass er jeweils mehrere Jahrhunderte überspringen konnte. In Kürze wird sein spannendes Buch erscheinen, wo Sie das alles im Detail nachlesen können, sein Leben ist ja auch schon sehr ausführlich in vielen Medien behandelt worden.

Mittlerweile ist er australischer Staatsbürger geworden und ich habe ihn hierher mitgebracht. Er hat einen kühnen und wie ich meine, wichtigen Plan entwickelt, sein Volk auf *Belatera* vor dem Untergang zu retten. Ich möchte, dass Sie ihm zuhören und dass Sie seinem Ansinnen zustimmen. Ich übergebe ihm hiermit das Wort."

Damit winkt *Sisa Chu Fur* heran ans Rednerpult und nickt ihm zu: "Deine Chance!"

Chu Fur beginnt: "Mein Name ist *Chu Fur.* Wie *Sisa* gesagt hat, ich komme aus *Belatera* und ich kann ihnen sagen, dass die Lebensumstände dort, also vor mehr als 4000 Jahren, unvorstellbar katastrophal gewesen sind.

Unser Stern *Stalata* ist immer heißer geworden, sie wird in astronomisch kurzer Zeit explodieren und alles Leben auslöschen.

Schon damals, als ich noch auf *Belatera* lebte, haben wir begonnen, uns einzugraben, da die Oberfläche zu heiß wurde. Um wie viel schlimmer muss es jetzt auf diesem Planeten sein! Ein sinnvolles Leben kann es dort nicht mehr geben. Deshalb bitte ich dieses Gremium, sein Einverständnis zu geben, dass wir, also *Sisa,* ihre Freunde und ich, den Versuch unternehmen, diese Menschen dort zu retten. Alles was die *Erde* dazu beitragen muss, ist, ihre Erlaubnis zu geben. Ja, die *Erde* muss erlauben, dass die restlichen Menschen von *Belatera* zur *Erde* auswandern und sich hier ansiedeln dürfen. Es wird sich wahrscheinlich nur noch um einige Zigtausend, höchstens einige Hunderttausend Menschen handeln, dem kümmerlichen Rest der Bewohner von *Belatera*. Wir haben bereits die wohlwollende Zusicherung Australiens, also meiner neuen Heimat, diesen Leuten Asyl zu gewähren. Sie dürften sich auf dem Territorium Australiens ansiedeln.

Sie fragen sich, wie die Rettung gelingen soll? Ich erkläre es ihnen. Wir sind auf der Station der Außerirdischen vor Australiens Küste, der Zentrale, in der Lage, mit einem wunderbaren Gerät in der Zeit vor- und zurück zu reisen und uns in die Gedanken von intelligenten Wesen einzuklinken. Wohlgemerkt nur in deren Gedanken! *Sisa* und ihre Geschwister *Lisa* und *Jonas* haben das ausprobiert und auf diese Art und Weise mit mir in früheren Epochen der Erdgeschichte und an verschiedenen Orten auf der Welt Kontakt aufgenommen. Sie haben mich so in der Zeit der alten *Ägypter*, der *Babylonier* und der *Briten* zur Zeit von *Stonehenge* besucht.

Es wäre also möglich, etwa 3000 Jahre in die Vergangenheit zu reisen, und mit einem Menschen auf *Belatera* in Beziehung zu treten und ihm unseren Plan zu erzählen. Falls dann dort noch Menschen existieren – was ich sehr hoffe - und falls die technische Möglichkeit besteht, dass die Sternenschiffe der *Belateraner* noch benutzbar sind, könnte die Restbevölkerung von *Belatera* zur *Erde* auswandern. Die Reise zur *Erde* dauert mit deren fortschrittlicher Raumflugtechnik etwa 3000 Jahre und die Reisenden überdauern das in Tiefschlaftechnik. Somit wäre es möglich sie zu unserer Jetztzeit auf der *Erde* zu empfangen. Das ist ein kühner Plan, ich weiß, und viele Dinge müssen zusammen passen, damit er gelingen kann. Aber es ist die einzige und letzte Chance für diese Menschen, dem Untergang zu entgehen.

Um was ich Sie bitte? Nur um die Einwilligung der *Erde*, diese Menschen, die wie Brüder für euch Erdlinge sind, aufzunehmen und willkommen zu heißen. Stimmen sie unserem Plan zu um der Menschlichkeit willen, und in Anbetracht der Tatsache, dass unsere beiden Rassen auch genetisch so nahe verwandt sind. Wie sie wissen, verdanken es die Menschen hier auf Erden den Belateranern, dass sie vor 3 Millionen Jahren sich durch genetische Verbesserungen zur heutigen Menschheit entwickeln konnten.

Ich danke Ihnen für Ihre Bereitschaft, mir zuzuhören und ich hoffe, dass Sie unserem Plan zustimmen. "

Chu Fur hat seine Rede beendet und er und *Sisa* warten gespannt auf die Reaktionen.

Als erster meldet sich der australische Vertreter: "Es ist alles so wie *Chu Fur* gesagt hat. *Australien* ist gerne bereit, diese Asylanten aufzunehmen. Ohne wenn und aber. Es ist unsere menschliche Pflicht, in diesem Fall vorbehaltlos zu helfen. *Australien* stimmt mit ja!"

Es dauert geraume Zeit, bis sich in dem aufkommenden Lärm wieder Ruhe einstellt. Immer mehr Vertreter der Staaten melden sich zu Wort und signalisieren ihre Bereitschaft, die Außerirdischen auf der *Erde* aufzunehmen. Schließlich nach mehr als drei

Stunden mit weit über hundert Redebeiträge, fordert der Generalsekretär: "Ich denke, wir haben die Sachlage gehört und auch bereits die Meinung von vielen Regierungen. Dieser Antrag ist so wichtig und ich glaube, dass es keinen ehrlichen und vertretbaren Grund gibt, ihn abzulehnen. Deshalb möchte ich, dass die Vollversammlung jetzt darüber abstimmt.

Der Antrag lautet: "Will die *Erde* zulassen, dass die restlichen Bewohner von *Belatera*, sofern sie dazu in der Lage sind, ihren Planeten zu verlassen, auf der *Erde* – z.B. in *Australien* aufgenommen werden, dass ihnen als gleichberechtigt mit allen anderen Menschen dieser *Erde* alle Menschenrechte gewährt werden, dass sie ein dauerndes Bleibe- und Siedlungsrecht bekommen und die Souveränität eines eigenen Staates, sofern sie das wollen."

Die gleich anschließend durchgeführte Abstimmung ergibt ein in der Geschichte der Vereinten Nationen einmaliges Ergebnis. Alle 207 Länder stimmen einstimmig dafür. In einem Zusatzantrag werden *Chu Fur*, *Sisa* und ihre Geschwister aufgefordert, unverzüglich die notwendigen Maßnahmen zu ergreifen, damit die Rettung der Außerirdischen beginnen kann.

Nach dem Ende der Sitzung verbreitet sich das Ergebnis der Sitzung in Windeseile wie ein Lauffeuer um die Welt. Radio- und Fernsehsendungen werden unterbrochen, Extrablätter der Zeitungen werden gedruckt, ein riesiger Medienrummel kommt in Gange.

Allerorten wird gejubelt und Glückwünsche und Wünsche für ein gutes Gelingen des Plans erreichen *Sisa*.

Nach diesem wichtigen und auch anstrengendem Tag haben *Sisa* und *Chu Fur* sich etwas Erholung verdient. Am nächsten Tag ist eine Sightseeingtour durch *New York* vorgesehen, ehe sie wieder nach Hause nach *Australien* reisen werden.

New York ist eine Riesenstadt mit vielen Sehenswürdigkeiten. Nach einigen Überlegungen entscheiden sie sich, was sie anschauen wollen. Sie besuchen das *Empire State Building* und bewundern die grandiose Aussicht auf die Stadt von der Besucherplattform des Wolkenkratzers von der 86. Etage in 320 Metern Höhe. Anschließend spazieren sie durch den *Central Park* im Herzen *New Yorks* und umrunden mit dem Boot *Manhattan* zu einem Ausflug zur Freiheitsstatue.

Am darauf folgenden Tag besuchen sie zwei Museen: Das *Metropolitan Museum of Arts*, in dem die gesamte Kunstgeschichte der Menschheit dargestellt und vertreten ist und das *Museum of Natural History*, ein Museum für Naturkunde. Wie staunen *Sisa* und *Chu Fur* über die reiche künstlerische und naturgeschichtliche Vergangenheit der *Erde*.

Dann heißt es am nächsten Tag Abschied nehmen von der Millionenstadt, denn sie haben ja einen wichtigen Auftrag von der Welt bekommen.

Nach 19 Stunden Flugzeit und etwa 15000 km erreichen *Chu Fur* und *Sisa* die Großstadt *Brisbane*. Australische Regierungsvertreter empfangen sie gleich am Flughafen und beglückwünschen sie zu ihrem Erfolg bei den Vereinten Nationen. Anschließend werden sie mit dem Flugtaxi gleich weiter nach *Hummer* in ihr Zuhause geflogen.

Als Außerirdische haben sie ja ein anderes Zeitgefühl, da der Tag auf ihrem Heimatplaneten *Belatera* 12 mal länger ist als auf der *Erde*, aber sie sind doch etwas erholungsbedürftig von den vielen Eindrücken und Strapazen der langen Reise. Nach dem herzlichen Empfang durch *Lisa* und *Jonas* sind die beiden Weltreisenden rechtschaffen müde und wollen eigentlich erst mal nur eine Nacht bequem schlafen. Und *Wolfie* ist minutenlang ganz aus dem Häuschen und zeigt schwanzwedelnd und laut bellend, wie sehr ihm seine geliebte *Sisa* gefehlt hat. Als sie nach dem langen Tag zu Bett geht, da legt *Wolfie* sich zu ihren Füßen und bewacht ihren Schlaf.

6 Reise mit Fast-Lichtgeschwindigkeit

Bereits am nächsten Tag sind die Kinder und *Wolfie* sehr früh munter und sie warten gespannt auf *Sisa* und *Chu Fur*, die auch froh sind, wieder daheim zu sein. Nach dem Frühstück macht *Sisa* die anderen auf ein besonderes Phänomen der Sternenreise aufmerksam.

"Ich habe mir noch folgendes überlegt, was zwar an unserem Vorhaben nicht das geringste ändert, aber doch recht interessant ist, wenn man es weiß!"

"Jetzt spanne uns nicht auf die Folter, *Sisa*, wir möchten endlich, dass wir Kontakt aufnehmen", wirft *Jonas* ganz ungeduldig ein.

"Ja, schon, du hast recht, aber du wirst mir zustimmen, dass es nicht schlecht ist, ein wenig die sonderbare Physik dieser Raumfahrt im Kopf zu haben.

Wie ihr wisst, wird ein Sternenschiff von *Belatera* zu uns etwa 3000 Jahre unterwegs sein. Dabei fliegt es im Durchschnitt mit einer konstanten, ziemlich geringen Beschleunigung, die aber dazu führt, dass das Schiff schließlich mit einer ungeheuer großen Geschwindigkeit, die schon fast die halbe Lichtgeschwindigkeit erreicht, unterwegs ist. Und dabei kommt es zu einigen bemerkenswerten Tatsachen. In einem Schiff, das sich mit nahezu Lichtgeschwindigkeit bewegt, vergeht die Zeit viel langsamer und die Entfernungen schrumpfen, was zur Folge hat, dass

21

die Insassen langsamer altern. Auf der *Erde* ist diese seltsame Eigenschaft des Weltraums ja auch schon lange bekannt und einer eurer berühmtesten Wissenschaftler, *Albert Einstein*, hat es in seiner Relativitätstheorie Anfang des 20. Jahrhunderts dargelegt.

Ich habe heute früh noch schnell einige Berechnungen angestellt, die den Sachverhalt veranschaulichen. Die grundlegenden mathematischen Formeln für die sogenannte Zeitdilatation[6] und Längenkontraktion sind recht einfach." Sie schreibt einige Formeln auf ein Stück Papier:

$$t_r = t_e \sqrt{1 - (v/c)^2}$$
$$s_r = s_e \sqrt{1 - (v/c)^2}$$

Hierbei bedeuten:

v Geschwindigkeit des Raumschiffs in *m/s*

c Lichtgeschwindigkeit 299.792.458 *m/s*

t_r Zeit im Raumschiff,

---

6 Zeitdilatation (von lat.: *dilatare,* ‚dehnen‘, ‚aufschieben‘) - ist ein Effekt, der durch die Relativitätstheorie beschrieben wird. Sie bewirkt, dass alle inneren Prozesse eines physikalischen Systems relativ zum Beobachter langsamer ablaufen, wenn sich dieses System relativ zum Beobachter bewegt. Das bedeutet, dass auch Uhren, die sich relativ zum Beobachter bewegen, langsamer gehen.

t_e Zeit auf Erden,

s_r Entfernungen vom Raumschiff aus

s_e die Entfernungen von der *Erde* aus.

"Das ist ja ganz einfach, verstehe ich sofort!", unterbricht *Jonas* vorwitzig, "was soll daran so schwierig sein?"

"Na ja, wenn man ein paar der Effekte auf den veränderten Zeitverlauf und die Messung von Entfernungen darstellen möchte, dann muss man doch einige nicht ganz einfache Umrechnungen vornehmen, wie ich sie der Einfachheit halber aus öffentlich zugänglichen Abhandlungen im Internet entnommen habe.[7]

In unserem Fall des Raumflugs von *Belatera* zur *Erde*, mit einer Entfernung von 720 Lichtjahren und einer Reisezeit von 3000 Jahren fliegt das Raumschiff immer mit einer konstanten Beschleunigung. Ich habe durch Probieren herausgefunden, dass das Raumschiff bis zur Hälfte der Entfernung, also bis es 360 Lichtjahre zurückgelegt hat, mit durchschnittlich 0,0003293 *g* beschleunigt und anschließend wieder für 360 Lichtjahre mit -0,0003293 *g* verzögert. Das erscheint recht wenig, wenn man es mit der

---

7 Http:/www.brefeld.homepage.t-online.de/raumschiff.html oder

https://de.wikipedia.org/wiki/Zeitdilatation#Bewegung_mit _konstanter_Beschleunigung

Beschleunigung auf der *Erde* vergleicht, die bei 1 *g* oder *umgerechnet bei 9,81* m/s^2 liegt. Also nur etwas mehr als 0,3 Tausendstel g. Aber man muss bedenken, dass der Ionenantrieb und der Antrieb durch Strahlungsdruck ein Schiff mit der Masse von einigen 10000 Tonnen vorantreiben muss und das viele Tausend Jahre lang. Und dass eben der Weltraum abseits der Sterne nahezu leer ist.

Während auf der *Erde* also 3000 Jahre vergehen, sind es im Raumschiff nur etwa 2883 Jahre. Die Geschwindigkeit wächst bis zur halben Wegstrecke auf 45,4 % der Lichtgeschwindigkeit. Und die Besatzung misst bei dieser größten Geschwindigkeit die Entfernung von *Belatera* zur *Erde* mit 641,5 Lichtjahre.

Ich habe die Formeln programmiert und mit den folgenden Parametern den Verlauf eines Raumflugs im Abstand von jeweils 15 Jahren durchgerechnet. Ein paar der Ergebnisse sind in den folgenden Kurven als Graphen dargestellt."

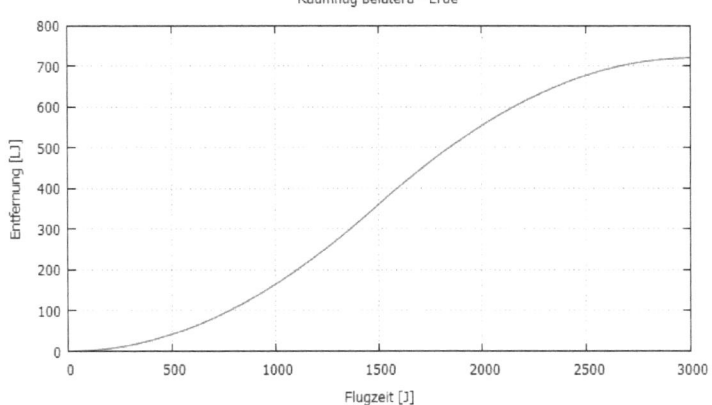

Entfernung des Raumschiffs von *Belatera* in Lichtjahren über der Flugzeit

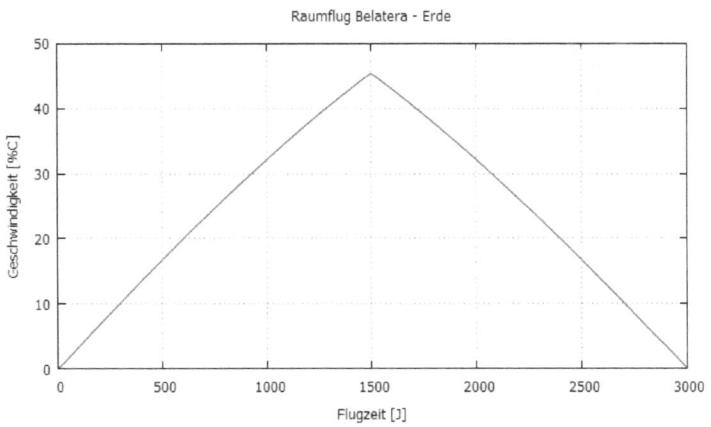

Geschwindigkeit des Raumschiffs über der Flugzeit in Prozent der Lichtgeschwindigkeit

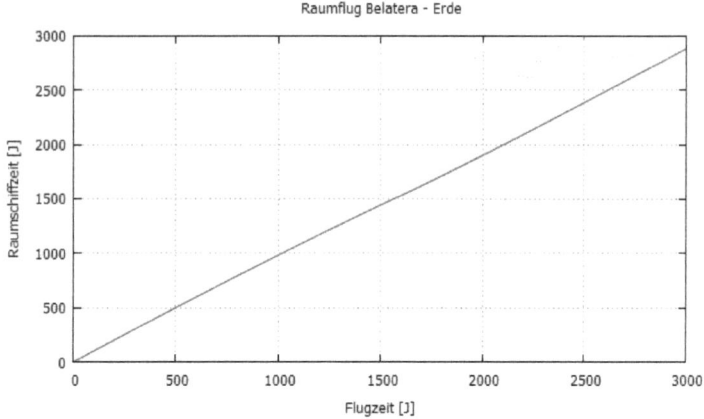

Verlauf der Zeit im Raumschiff über der Flugzeit

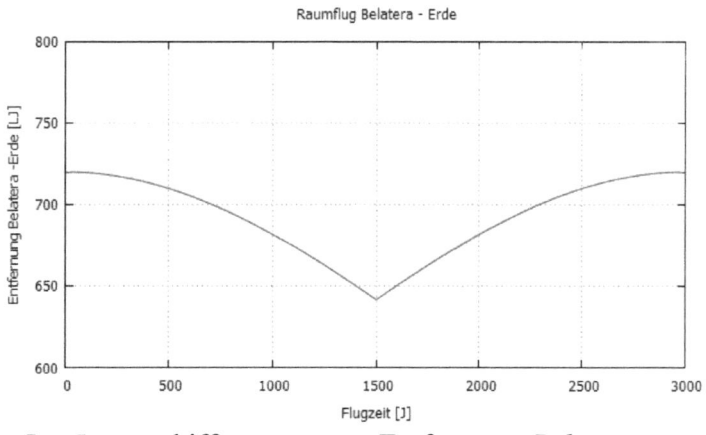

Im Raumschiff gemessene Entfernung *Belatera* zu *Erde* in Lichtjahren über der Flugzeit

Jonas ist sehr erstaunt, was für seltsame Effekte sich

bei so einem Raumflug mit nahezu Lichtgeschwindigkeit ergeben und nachdem er die Blätter, die *Sisa* ihm reicht, lange studiert hat, meint er nachdenklich: "Sie erreichen also nach 1500 Jahren die halbe Entfernung von *Belatera* zur *Erde*, dabei haben sie fast die halbe Lichtgeschwindigkeit erreicht und sind nur zirka 1442 Jahre gealtert. Nach ihren Messungen am Zeitpunkt ihrer größten Geschwindigkeit würde die Entfernung ihres Planeten *Belatera* zur *Erde* 641 Lichtjahre betragen, obwohl wir von uns aus 720 Lichtjahre messen. Dann sind sie von uns aus betrachtet weitere 1500 Jahre unterwegs, wobei sie abbremsen und die Geschwindigkeit abnimmt. Sie selbst sind aber nur wieder etwas mehr als 1442 Jahre unterwegs. Elend komisch, echt elend komisch! Aber wie es auch ist, ich weiß, dass die Insassen eines solchen Raumschiffs das alles nicht so wirklich miterleben müssen, denn sie befinden sich ja im zeitlosen Tiefschlaf."

"Ja, du hast recht, und noch folgendes: Obwohl die Insassen insgesamt in ihrem Raumschiff 2883 Jahre unterwegs sind, das würden auch die Uhren und Kalender an Bord anzeigen, würde man ihnen, wenn sie auf der *Erde* landen, sagen, dass sie 3000 Jahre gereist sind."

Nach diesen Merkwürdigkeiten eines Raumflugs an der Grenze zur Lichtgeschwindigkeit ziehen sich die drei Freunde zurück und jeder versucht für sich, dieses Phänomen zu begreifen.

7 Der Kontakt mit *Belatera*

Am Nachmittag fahren die Drei mit *Wolfie* im Schlepptau wieder zur Zentrale im Meer. Dort werden sie überschwänglich von der Besatzung begrüßt und zu ihrem großartigen Plan beglückwünscht.

Karimo, der Kommandant ruft mit leuchtenden Augen: "Das ist die beste Nachricht seitdem ihr hier aufgetaucht seid, ich bin so glücklich, dass es für mein Volk noch einen Schimmer einer Perspektive gibt. Ihr wollt sicherlich gleich beginnen?"

"Ja, natürlich!", ertönt es aus drei Mündern gleichzeitig und auch *Wolfie* hüpft aufgeregt umher. Dafür bekommt er von *Karimo*, der ihn genau kennt, ein Leckerli ins immer hungrige Maul geworfen.

"Also, dann los mit euch, ab zum *Kirikata*! Ihr wisst ja, wie man es bedient", schmunzelt *Karimo*.

Im Medienraum des *Kirikata* nehmen sie Platz und *Sisa* beginnt: "Also, wir haben es ja schon dreimal benützt. Wir müssen uns die Daten für eine Kontaktaufnahme auf *Belatera* passend überlegen. Und wer soll den Kontakt herstellen?"

Da die beiden Anderen *Sisa* angucken, sagt diese: ", ich mache es, schließlich geht es ja um meine Landsleute."

Nun meldet sich *Jonas*: "Ort und Zeit des Kontakts sind auch klar, nämlich *Belatera* und etwa 3000 Jah-

28

re zurück. Solange dauert die Reise hierher und wir wollen es ja noch bei Lebzeiten erleben, diese Leute zu begrüßen."

Lisa wirft ein: "Ja, das stimmt. Aber es dauert wohl doch einige Zeit, bis die Leute auf *Belatera* wirklich abreisen können. Sie müssen viele Vorbereitungen treffen. Wahrscheinlich benötigen sie irdische zwei Jahre, wenn alles problemlos geht. Und wir sollten einen jungen Menschen suchen, der sicherlich aufgeschlossen ist und versteht um was es geht."

Und so wird schnell das *Kirikata* eingeschaltet und *Sisa* gibt folgende Daten ein:

Zeit	12B438 = 965 v. Chr.
Galaktischer Ort	*Belatera*
Lebewesen	Mensch
Geschlecht	egal
Alter	jünger als 20 Jahre
Umgebung	egal
Zeitfaktor	+ 36

Nach nochmaliger Prüfung dieser Daten, drückt *Sisa* auf den Startknopf.

Hier geht es weiter mit den Ereignissen auf *Belatera*.

II - Auf *Belatera*

1 Süße Träume

Sachte streichen weiche Hände über den grazilen Körper und massieren Brust, Rücken, Beine, es ist so wohltuend! Gleichzeitig und bestimmt durchdringt die im Raum schwingende Melodie alle Fasern ihres Körpers. Harmonisch stimmen sanfte Klänge und bunte Bilder perfekt zusammen, Bilder die sich im traumversunkenen Bewusstsein bilden. In vollkommener Anmut schwebt *Karila* durch das tiefe Blau des Ozeans, schwerelos tanzt sie auf und ab, wendet sich in sanften Kurven, schlägt Purzelbäume und genießt das weiche Element.

Sie ist umgeben von in bunten Farben schillernden, exotischen Fischen vor den bizarren Felsen der Unterwasserwelt. Überall ist quirliges Leben, Seegras und Tang wiegen sich im leichten Wellengang, bunte Seeanemonen und Büschel voll Polypen winken mit ihren Tentakeln, Krebse kriechen über den hellen, weißen Muschelsand des Meeresbodens. Immer wieder tauchen Schwärme von fantastisch gefärbten Fischen aus der Tiefe auf, ziehen vorbei und verschwinden im Dämmerlicht.

Mühelos und entspannt schwimmt *Karila* neben ihnen, atmet in tiefen Zügen. Das Wasser hat genau ihre Körpertemperatur und vermittelt das wundervolle Gefühl vollkommenen Wohlbehagens. Einige der Fische nähern sich, blicken sie neugierig an und umringen sie schmeichelnd und auffordernd.

"Komm doch mit, folge uns, tanze mit uns den neuesten Tanz. Es ist ganz leicht. Komm, komm, freue dich, entspanne dich!"

Voll Freude und Erwartungen lässt *Karila* sich darauf ein, passt die Bewegungen denen der Fische und der schneller werdenden Musik an. Sie dreht und wendet sich, zuckt mit Armen und Beinen im Rhythmus der Klänge. Wie ein großes Ballett-Ensemble bewegt sie sich zusammen mit dem Schwarm synchron. Herrlich! Entspannung pur!

Ein leichtes Ziehen im Kopf und das verschwommene Bild eines Gesichts in ihrem Gehirn unterbrechen kurz ihre Aufmerksamkeit. "Wach doch auf, ich …"

Doch jetzt ist nicht die Zeit für solche Ablenkungen. Sie kehrt zurück in ihren holographischen Traum.

Doch nun sind ihr Flügel gewachsen, große, gezackte Flügel mit leuchtenden Tupfen und Streifen, und mit diesen taumelt sie durch den hellen, sommerwarmen Himmel, tanzt von Blume zu Blume und berauscht sich am süßen Nektar der rosafarbenen Blüten. Ein laues Lüftchen treibt sie hoch in die Luft, mit heftigen Flügelschlägen steuert sie die nächste wohlriechende Blüte an. Schemenhaft taucht das Antlitz eines anderen Mädchens in ihrer Vorstellung auf, doch unwirsch verbannt sie es aus ihren Gedanken. Nicht jetzt! Nur weiter auf Nektarjagd!

31

Schon wechseln Bild und Musik und ganz unverhofft befindet sie sich hoch oben in dem zart orangefarbenen Äther und schwebt über der grandiosen Landschaft der *Karabe*-Berge. Mächtige, wild gezackte Felsgipfel, bedeckt mit Eis und Schnee umgeben sie, tiefe Abgründe und Schluchten tun sich dazwischen auf, unterbrochen wieder von weiten Gletscherfeldern, grandiosen Spalten und bizarren Eisgebilden. Sie blickt um sich und erkennt, dass sie mächtige braun-weiß gefleckte Flügel hat, mit denen sie im Wind spielen kann. Sie haben sicherlich eine Spannweite von fünf Metern, aber egal. Eine kleine Anspannung ihrer Armmuskeln, die äußeren Schwungfedern stellen sich in einem günstigen Winkel an und schon steigt sie mühelos empor, schwebt höher hinauf, ein wenig die Zehenspitzen gekrümmt und hinab geht es in die schwindelnde Tiefe. Jetzt Zehen und Finger strecken, Flügel an den Körper anlegen und der rasante Sturzflug führt sie weg von den Bergen hinaus in die weite Ebene. Mit weit gestreckten Flügeln geht ihr Flug über in ein ruhiges, kontrolliertes Gleiten über grünen Waldkronen und bunt blühende Wiesen. Dort setzt sie sanft auf.

Ihre nackten Füße spüren das noch vom Tau feuchte, hohe Gras, sie rennt hüpfend und springend voller Lust hindurch. Erschreckt fahren kleine Fliegen, farbenfrohe Schmetterlinge und andere Insekten hoch und umschwirren sie brummend und flatternd. Sie lacht nur und verscheucht sie mit ihren schlanken, braunen Armen.

Weit voraus steigt ein bunter Vogel aus dem Gras empor und schwingt sich auf einen der am Rande stehenden uralten Bäume mit ihrem lila Laub. Laut pfeifend schallt sein melodiöser Gesang durch das Land. Es folgt ein Streifen mit großen blauen Blumen in der Wiese, sie kennt sogar ihre Namen: *Raseden*. Wie würzig sie duften, diese ihr so vertrauten Blumen, die sie so sehr an die Märchen und Erzählungen der Eltern in ihrer Kindheit erinnern.

Der Druck in ihrem Kopf verstärkt sich unangenehm und fordernd meldet sich die seltsame Vorstellung einer fremden, unerwünschten Person in ihrem Gehirn: "Ich will zu dir. Wach auf! Hörst du mich?"

Unwirsch schüttelt sie sich, missachtet diese Gedanken und weist die unerwünschte Störung von sich. Sie will in ihrem Erlebnistraum weiterfahren.

Und schon wieder wechseln die fantastischen, ungeheuer realistischen Bilder. Sie folgt mit weit ausgebreiteten Flügeln einem breiten, majestätischen Strom, der sich kurz darauf in einem grandiosen Katarakt laut donnernd in die Tiefe ergießt. Schier unendlich tief, und furchtlos stürzt *Karila* mit den Wassermassen hinab. So, als sei sie eines der Myriaden von Wassermolekülen, die sich hier in Tropfen, in Strömen und Wirbeln in den Abgrund bewegen. Kurz vor dem unvermeidlichen und zerstörerischen Aufprall auf dem Grund des Katarakts fangen ihre starken Flügel ihren Körper ab und mit kraftvollen Flügelschlägen quert sie den nach dem Wasserfall ruhig dahinfließenden Fluss inmitten des regenbogenfarbenen Sprühnebels, der vom Wasserfall herrührt.

Jenseits beginnt eine weite Savanne, bedeckt mit hohem Gras. Sie entdeckt in der Ebene Herden großer, ja riesiger Tiere, gefleckte sechsbeinige *Sauros*, *Pandren* mit ihren Fohlen und in der Ferne wohl einige große *Todos*, die sie an ihren riesigen Stoßzähnen zu erkennen glaubt.

Sie bemerkt überrascht, dass sie selbst auf sechs stämmigen Beinen durch das hohe Gras galoppiert und Ausschau hält nach den Mitgliedern ihrer Herde. Die aber sind verschwunden. Aus den Augenwinkeln erkennt sie rechts neben sich eine verdächtige Bewegung. Es ist nicht einer ihrer Freunde aus der Herde. Ein gelb-braun gefleckter, langgestreckter Körper hetzt heran. Mit einer schnellen Drehung ihres Kopfes sieht sie, dass ein gefährlicher *Tragan* ihr nachstellt. Laufen oder kämpfen? Ihr eigener Kopf hat ein mächtiges Geweih mit spitzen Enden. *Tragans* aber sind nur halb so groß wie sie, und sie sind schnell ermüdet. Sie könnte weglaufen. Aber plötzlich verspürt sie unbändige Lust auf einen Kampf. Deshalb hält sie im Lauf inne, wendet sich und senkt den Kopf. Soll er doch angreifen! Die spitzen Enden ihres Geweihs zeigen auf den Räuber. Der bemerkt zu spät, dass sich die Situation derart gewandelt hat und kann nur mühsam einen frontalen Zusammenprall vermeiden. Aber die spitzen Enden ihres Geweihs treffen ihn in der Flanke, wo sie tiefe, blutende Striemen hinterlassen. Schnell verlässt den *Tragan* der Mut auf einen weiteren Angriff und er schleppt sich angeschlagen davon. Mühelos nimmt *Karila* ihren Lauf wieder auf und steigert geschmeidig ihre Geschwindigkeit. Von dem Raubtier ist weit und breit nichts mehr zu sehen. Wie befriedigend ist es zu siegen!

Sie blickt sich nach ihren Gefährten um. Sie scheinen den anderen Weg genommen zu haben zur Wasserstelle. Schnell korrigiert sie also ihre Richtung und ist jetzt besonders auf der Hut. Denn es gibt hier noch ganz andere, größere Gefahren. Besonders wenn man allein unterwegs ist. In der Herde genießt man ja eine gewisse Sicherheit, gemeinsam ist man stark und kaum ein Feind wagt es, eine Herde von *Tiras* anzugreifen. Ah, dort vorne, da erkennt sie ihre Herde, und in schnellem Lauf eilt sie ihren Artgenossen entgegen. Ein heimeliges Gefühl der Sicherheit macht sich in ihr breit, Aufwallungen von großem Wohlbehagen und tiefem Glück.

Nachdrücklich drängt jetzt wieder diese seltsame, von außen kommende Vorstellung in ihre Gedanken. Einen kurzen Augenblick lang widmet sie sich dem Fremdartigen und erkennt undeutlich das Gesicht eines jungen Mädchens. Spricht sie etwa zu ihr? Aber sie kann es nicht verstehen. Was sagt sie? Ach was! Weg damit!

Noch ehe sie die friedlich grasende Herde erreicht

hat, wandelt sich das Bild und tiefe, konturlose Schwärze umgibt sie. Halt, nicht alles ist gänzlich schwarz, eine Vielzahl heller Lichtpunkte sind rings um sie verstreut auszumachen. Ein Druck auf den Gasknopf mit der rechten, behandschuhten Hand und langsam beginnt sie, sich um sich selbst zu drehen. Offensichtlich ist sie schwerelos und das riesige Gebilde einer Raumstation, die vor den funkelnden Sternen schwebt, schiebt sich langsam in ihr Gesichtsfeld. Sie bemerkt, dass sie einen Helm mit Visier trägt und dass ihr Körper in einem metallisch glänzenden Raumfahreranzug steckt. Die Raumstation ist ziemlich weit weg, aber es ist doch zu erkennen, dass es sich um ein gewaltiges, eiförmiges Raumschiff handelt. Durch ihre Eigenrotation ist das Raumschiff bald wieder aus dem Blickfeld verschwunden und die schwach beleuchtete Oberfläche des Planeten *Belatera* erscheint, es ist Nacht dort unten. Nur wenige Lichter auf der riesigen Landmasse unter ihr zeugen von menschlicher Aktivität. Ein kurzer Gasimpuls aus den Düsen ihres Raumanzugs stoppt die Drehung.

Dort in der Ferne blinken einige Lichter in verschiedenen Farben und markieren den einzigen Raumhafen dieses Planeten. Früher, ja früher, gab es Dutzende von Starthäfen für den Weltraum über ihrem Planeten. Schemenhaft tauchen die Bilder der alten Erzählungen in ihr auf. Ja, früher, wenn die alten Sagen stimmen. Ihre Eltern haben es erzählt und auch sie kannten es nur als Geschichten aus fernen, vergangenen, glücklicheren Zeiten.

Sie beschließt, dem Raumhafen einen schnellen Besuch abzustatten. Aber schon verändert sich wieder ihre Aussicht. Sie findet sich in einem Raumfahrzeug wieder, auf dem Pilotensitz, und ist im Begriff, aus der Umlaufbahn auf die Oberfläche des Planeten zurückzukehren. Ihr Raumschiff ist eines dieser uralten Landeshuttles, wie sie in den Hologrammen des Museums dargestellt werden. Sie sind nur dazu geeignet zwischen der Planetenoberfläche und einer Raumstation zu verkehren. Dazu hat so ein Landeschiff ein Haupttriebwerk, mehrere kleine Steuerdüsen und ein Bremstriebwerk. Mit seinen kurzen Flügeln, mit denen es in der Atmosphäre notdürftig fliegen kann, sieht es wie ein kleines Flugzeug aus.

Doch ehe sie dazu kommt, das Raumschiff in Bewegung zu setzen, merkt *Karila*, dass irgendetwas an ihr mit Macht zu zerren scheint und sie in ihrem Bemühen hindert. Ihre Bewegungen werden träger und mühevoller, ihre Hände unendlich schwer, das Bild aus dem Raumschiff verschwimmt. In einem zwischen Wachsein und Schlaf angesiedelten Zustand liegt *Karila* auf ihrer Liege, unfähig sich zu regen. Vergeblich versucht sie, in diese wundervolle Animation wieder einzutauchen, sie weiter zu erleben. Aber es gelingt ihr nicht.

2 Eine unerwartete Störung

Nur wirre Bilder geistern durch ihr Gehirn, von Gesichtern, die sie nie gesehen hat, von Orten, an denen sie nie gewesen ist, von Gedanken, die sie nie gedacht hat. Exotische Tierfratzen, unendliche Sternennebel und extreme Planetenoberflächen, Eisplaneten, Wasserwelten, Wüstenplaneten, Gasnebel, Sternhaufen und Spiralgalaxien, kahle Mondoberflächen und tief grüne, riesige Urwälder, ein Kaleidoskop turbulenter Eindrücke wirbelt zusammenhanglos durch ihren Kopf. Angstvoll fasst sie sich an ihre schweißgebadete Stirn, zwingt sich, ihre Augen zu öffnen und blickt dann auf ihre zitternden Hände. Mit ihrem Kopf stimmt doch irgend etwas nicht! Aber ihr übriger Körper fühlt sich ganz normal an, keine Schwellung, keine Druckstellen oder Wunden. Und doch merkt sie, wie diese fremde Kraft sich in ihr immer mehr breit macht, wie sie die Kontrolle verliert. Etwas dringt tief und unaufhaltsam in ihr Bewusstsein ein und versucht, sie zu beeinflussen. Oder mit ihr zu kommunizieren. Wer will etwas von ihr?

Sie konzentriert sich. Spürt nach, was da ist. Ist es unangenehm oder bedrohlich? Nein, nur fremdartig. Was will es von ihr? Ja, offensichtlich, da ist etwas beharrlich Fragendes. Was? Wenn sie das nur wüsste. Warum? Keine Ahnung. *Karila* ist ratlos. Endlich, nach einer gefühlten Ewigkeit, erwacht sie ganz aus dem Animationszustand. Da, jetzt ist es ganz deutlich! Ihre Vorstellung wird bewusster. Wieder dieser Anruf in ihrem Kopf, sie erkennt das freundliche Antlitz eines jungen Mädchens, ihr kommt es so vor, als ob sie jemand in Gedanken sprechen möchte.

Mit einem hastigen Ruck hebt sie den Oberkörper aus der Liege, richtet sich auf und blickt benommen und orientierungslos um sich. Sie wartet ab, was sich als nächstes ergibt.

Mit klarer werdendem Blick erkennt sie schließlich die vertraute Umgebung der Animationskabine, die wie so oft ihre einzige Umgebung, den Mittelpunkt ihrer wenigen Erlebnisse darstellt. Was sonst sollte sie mit ihrer unendlichen Zeit anstellen?

"Hallo, hörst du mich endlich?" Viel zu laut und überdeutlich dringt nun eine freundliche Stimme in einer etwas altertümlichen Sprache zu ihr durch. Es könnte ein vor Urzeiten gesprochener Dialekt aus den südlichen Gefilden von *Belatera* sein, der an ihr Ohr dringt.

Karila ist nun hellwach. Sie überlegt kurz, ob sie sich aus der Liege erheben und zum Aufenthaltsraum gehen sollte, als es wieder in ihrem Kopf klingt: "Sag mal, bist du schwerhörig? Seit Stunden versuche ich, dich zu erreichen. Bist du gesund? Vielleicht bist du aber auch krank, weil du so gar nicht reagiert hast. Kannst du mich eigentlich verstehen? Ich heiße übrigens *Sisa*. Wer bist du? Habe ich das richtige Ziel erreicht, also einen Menschen auf dem Planeten *Belatera*? Und gibt es dort noch andere lebende Wesen, ich meine Menschen?"

Karila ist verstört. Eine Stimme ist in ihren Gedanken, die sie noch nie gehört hat, die sie nicht kennt. Die Stimme redet in ihrer Sprache, wenn auch einige Begriffe schon seit langer Zeit nicht mehr gebräuchlich sind, aber doch verständlich. Sind das die Nachwirkungen der Animation, die sie, *Karila*, gerade erlebt hat? Von solchen Nebenwirkungen hat sie ja noch niemals etwas gehört. Seltsam! Sie wird neugierig und formuliert vorsichtig und lautlos eine Frage: "Wer oder was bist du? Bist du real? Oder bin ich verrückt? Ich bitte dich um eine Erklärung, denn sonst werde ich noch wahnsinnig."

Prompt kommt die Antwort: "Na endlich bist du aufgewacht. Und du bist nicht verrückt, und wohl auch nicht krank! Ich habe es schon gesagt, mein Name ist *Sisa*, ich bin ein Mädchen, und ich bin vor langer, langer Zeit in deiner Heimat auf *Belatera* geboren worden. Aber jetzt lebe ich auf einem anderen, weit entfernten Planeten, er wird *Erde* genannt. Und ich habe mit dir Kontakt aufgenommen, weil es etwas sehr Wichtiges zu besprechen gibt. Etwas ungeheuer Wichtiges für das Volk von *Belatera*. Verstehst du?"

"Das Volk von *Belatera*, ha ha ha! Den kümmerlichen Rest von uns kann man kaum noch als Volk bezeichnen, gerade mal einige Zehntausend Leute sind übrig. Und uns geht es nicht gut, gar nicht gut. Sozusagen richtig dreckig! Wir sterben über kurz oder lang. Unser Stern *Stalata* verbrennt unseren Planeten. Und wir leben wie die Würmer nur noch im Untergrund. An der Oberfläche ist es unerträglich heiß geworden. Kein Lebewesen, kein Tier, keine Pflanze und erst recht kein Mensch kann mehr dort existieren. Wir haben uns eingegraben und leben in der Tiefe. Hier gibt es keinen natürlichen Lichtstrahl, keine Natur, kein normal erzeugtes Essen, alles ist künstlichen Ursprungs, sogar unsere Träume stammen aus dem Computer. Wenn du wüsstest! Du kannst es dir nicht vorstellen, wie sehr wir leiden. Aber die Hoffnung ist das letzte, was uns bleibt. Nachdem wir alles Erdenkliche getan haben, um der Misere zu entkommen."

"Was habt ihr denn in den letzten Jahrhunderten oder gar Jahrtausenden erlebt?"

"Nun, die Katastrophe ist ja schon seit einigen Millionen Jahren absehbar gewesen. Wir haben damals über viele Jahrtausende eine ganze Flotte von Sternenschiffen losgeschickt, um eine andere, bessere Welt zu finden, zu der wir aufbrechen könnten. Denn unsere Sonne dehnt sich zu einem Riesenstern aus und steht kurz davor, uns zu verbrennen und auszulöschen.

Aber ach, alle Versuch haben mit Misserfolgen geendet. Es gibt eben in diesem fast unendlichen Weltall nur ganz wenige passende Planeten, auf denen wir leben könnten. Und die wenigen, die wir entdeckt

41

haben, sind leider bereits bewohnt. Wir dürfen uns den angestammten Einwohnern dieser fernen Welten nicht aufdrängen. Das verbietet der Anstand und unsere Gesetze. Und die meisten dieser mit Leben gesegneten Planeten haben uns sehr eindrücklich zu verstehen gegeben, dass wir unerwünscht sind. Manche haben uns bekämpft und vertrieben, obwohl wir selbst niemals aggressiv gewesen sind.

Doch wir haben weiter Sternenschiffe ausgeschickt und haben unsere ganze Galaxis und darüber hinaus das ferne Weltall durchsucht. Von den meisten dieser Erkundungsraumschiffe haben wir freilich nie mehr etwas gehört, sie sind verschollen, zerstört worden oder sonst wie verloren. Einige wenige sind zurückgekommen, mit schlechten Nachrichten. Sie haben nichts Passendes gefunden, keinen grünen, freundlichen Planeten an dem unser Leben möglich wäre. Es gibt keinen Platz für uns zu überleben, keine Rettung! Wir werden mit unserer Sonne den Feuertod sterben.

So sind die Rettungsaussichten über die Jahrtausende immer mehr geschwunden und wir haben uns damit abgefunden, hier den Mangel und die misslichen Lebensumstände zu verwalten. Bis zum bitteren Ende. Anfangs hat uns unsere so fortschrittliche Technik sehr geholfen. Künstlich hergestellte Nahrung, durch Bakterien gewonnene Elemente und Metalle, biologisch wachsende und sich regenerierende Maschinen, fortschrittliche Energiegewinnung aus der Strahlung unserer Sonne, Luft zum Atmen, Schutz vor den zunehmend tödlichen Strahlen, die von *Stalata* ausgesandt werden, das war anfangs kein großes Problem. Bis es dann endgültig zu heiß wurde. Wir können nicht mehr an der Oberfläche in unseren wunderbaren Städten leben. Wir haben uns im Untergrund eingraben müssen.

Aber im Laufe der Jahrhunderte ist unsere Kultur ermüdet und unsere Kraft zur Lösung der Probleme ist geschwunden. Es ist kein Ausweg ersichtlich gewesen, dass wir uns irgendwie in eine aussichtsreiche Zukunft retten können. Allmählich hat die Verzweiflung überhand genommen und so fristen wir hier unten unser elendes Dasein. Es gibt nichts Sinnvolles mehr zu tun. Alles Notwendige zum Dahinvegetieren wird von unseren Automaten und Robotern völlig selbständig erledigt. Unser trister Alltag besteht aus Essen, Schlafen und Animationen erleben. Was sollen wir auch sonst tun? Unsere Sonne hat uns besiegt und uns den Lebensmut genommen. Es gibt keine Zukunft!"

Still und mit einiger Beklemmung hat *Sisa* diesen langen Ausführungen gelauscht. Und so möchte sie etwas Tröstliches beitragen: "So ähnlich haben wir uns auf der *Erde* das gedacht. Denn wir wissen ja von dem drohenden Unheil, das eure Sonne über euch Menschen von *Belatera* bringen wird."

"Das ist seltsam, dass du von unseren Problemen Kenntnis hast. Aber das können wir ja später noch

klären. Mein Name ist übrigens *Karila Samil,* die
Tochter von *Etamei* und *Voluna.* Und wie heißt du?"

3 *Sisa* stellt sich vor

"Nett, dass du jetzt endlich zuhörst und neugierig geworden bist, was ich von dir will. Also, wie gesagt, mein Name ist *Sisa*, die Tochter der Familie *Koarine*. Und ich bin in deiner Zeit 15 Jahre alt. Ich bin vor mehr als drei Millionen Jahren in einem eurer Raumschiff und im Tiefschlaf zum Planeten *Erde* geflogen.

Damals sind die Menschen der *Erde* noch primitive Wilde gewesen, aber die Wissenschaftler von *Belatera* haben ihnen genetisch geholfen. Und die Menschen der *Erde* haben sich in den vergangenen Jahrmillionen seither zu einer intelligenten Rasse entwickelt. Mein Raumschiff ist verborgen auf der *Erde* im Ozean geblieben. Die beiden Menschenkinder, *Lisa* und *Jonas* haben es entdeckt und ich bin aus dem Tiefschlaf aufgewacht und lebe seitdem sehr glücklich mit ihnen hier auf dieser wunderbaren Welt, der *Erde*.

Ich habe in ihnen Freunde gefunden, in *Lisa* und *Jonas*. Die *Erde* ist ein herrlicher, reicher Planet, auf dem es sich ausgezeichnet leben lässt. Ja, und ein anderer Bewohner aus *Belatera* lebt auch bei uns, er heißt *Chu Fur*. Er ist vor mehr als 4600 Jahren zur *Erde* gekommen und hat dort in verschiedenen Gestalten gewirkt.

Und *Chu Fur* ist es, der einen phantastischen Plan entwickelt hat, weshalb ich mich mit dir in Verbindung gesetzt habe. Vielleicht kennst du die Technik des *Kirikata* nicht, das ist ein Gerät, mit dem ich mich mit passenden Lebewesen über Raum und Zeit hinweg unterhalten kann. So wie jetzt mit dir."

"Das ist ja seltsam, von so einem Gerät haben wir noch nie etwas gehört. Aber vielleicht ist mit unserem Niedergang auch das Wissen und die Technik von vielen unserer Erfindungen verloren gegangen. Ja, das scheint eine wunderbare Maschine zu sein, die du zur Verfügung hast. Welch ein Glück, dass du es verwendest, denn sonst hätten wir uns gedanklich nicht treffen können. Und vielleicht ist es unsere letzte Hoffnung!"

"Der Plan von *Chu Fur* ist sehr wichtig für euch, deshalb müssen wir unbedingt in Verbindung bleiben, verstehst du? Aber erst möchte ich wissen, wer du bist, was du machst und wie es dir geht. Wer bist du?"

4 *Karila* erzählt

"Ah so, jetzt weiß ich zumindest, wer du bist. Ich erinnere mich, dass dein Schicksal einmal in der Schule behandelt wurde, aber über deinen Verbleib hat man ja nichts mehr gehört. Wie ich schon sagte, es sind damals viele Sternenschiffe ausgesandt worden, aber von den meisten haben wir nie wieder etwas erfahren. Ich freue mich wirklich, dass du am Leben bist und dass wir uns jetzt kennenlernen können.

Also zu mir. Mein Name ist *Karila*, ich bin ein Mädchen von 15 3/4 Jahren und lebe bei meinen Eltern. Wir bewohnen einen Trakt Nummer 4 im Tunnel C-31. Es ist sehr geräumig dort und ich habe mein eigenes Reich, wo ich mich aber meist nur zum Schlafen aufhalte. Lieber bin ich im Medienbereich, wo es diese praktischen Animationsmaschinen gibt. Da kann ich mich in aufregende Gefilde träumen und bin groß, stark und unbesiegbar. Und einigermaßen glücklich. Meine Eltern machen es meist genauso, denn wir haben seit undenklichen Zeiten keine Notwendigkeit, für unseren Lebensunterhalt hart zu arbeiten."

Sisa unterbricht: "Und ihr müsst wirklich nicht arbeiten, damit es euch in eurem Leben wohl ergeht? Ist das nicht sehr langweilig und sinnlos? Aber zur Schule gehst du doch sicherlich noch. Man kommt ja schließlich nicht als Allwissender zur Welt und sollte schon noch einige Dinge dazulernen. Was machst du denn den ganzen Tag? Ich weiß ja, dass der Tag auf *Belatera* ziemlich lange ist, ungefähr zwölfmal so lange wie bei mir auf der *Erde*. Komm, erzähle mal, wie dein Tag so verläuft."

"Na ja, also, ich stehe um 7 Uhr auf, ziehe mich an, und begebe mich in den Aufenthaltsraum. Dort sitzen meine Eltern schon beim Frühstück. Meist fragen sie mich, ob ich angenehm geschlafen habe und was ich heute machen werde. Wir sind nämlich sehr selbständig und die Eltern nehmen kaum Einfluss auf unseren Alltag. Alles ist einfach vorgegeben und unsere Automaten steuern unseren Tag. Ich rufe dem Essensautomat meinen Frühstückswunsch zu, meist ist das *Marake* und so eine Art süßer Brei mit Obstmus in verschiedenen Geschmacksrichtungen. Ach so, *Marake* ist eine Art Milchgetränk. Übrigens, das ist alles künstlich hergestellt, denn Ackerbau und Tierzucht gibt es ja bei uns schon seit Millionen von Jahren nicht mehr. Und alles wird vollautomatisch in unterirdischen Fabriken hergestellt. Die Rohstoffe werden entweder abgebaut oder aus anderen Grundstoffen zusammengebraut."

"Schmeckt das nicht sehr künstlich?", fragt *Sisa*.

"Ach nein, wir kennen es nicht anders, es ist schon in Ordnung. Die Technik unserer Nahrungsherstellung ist so hochentwickelt, dass sich unsere Nahrung praktisch durch nichts von einer – wie du es nennen würdest – natürlichen Nahrung unterscheidet. Auch wenn ich mir manchmal etwas mehr Abwechslung wünsche. Aber ich will mich darüber nicht beklagen."

"Und wie geht es weiter in deinem Tagesverlauf?", will *Sisa* wissen.

"Nach dem Frühstück gehe ich in den Unterrichtsraum und verbinde mich mit den Zentralen Unterrichtscomputern. Auf denen ist alles programmiert, was wir lernen sollen. Es wird uns direkt ins Gehirn eingeleitet, so dass es sehr schnell geht, etwas Neues zu lernen. Und man braucht es nicht zu üben, denn wenn es einmal im Kopf ist, dann vergisst man es nicht mehr."

"Hast du auch mal Pausen während des Unterrichts? Lernst du alleine oder seid ihr mehrere Kinder?"

"Ja, schon, man kann beliebige Pausen machen. Aber ich bin meist alleine während des Lernens, denn es gibt halt fast keine Kinder mehr. In unserer Stadt sind es nur etwa 50 Kinder und etwa 20000 Erwachsene."

"Wie viele seid ihr überhaupt?"

"Na ja, so ungefähr 40000 Menschen leben noch auf *Belatera*. Und wir haben nur noch zwei Städte, an zwei verschiedenen Stellen unter der Oberfläche. Diese beiden Städte sind etwa 10 Kilometer voneinander entfernt und mit einem unterirdischen Zugsystem verbunden, so dass man sich leicht besuchen kann. Das ist schon ein Vorteil, dass alles so perfekt automatisiert ist, denn sonst könnten wir wahrscheinlich nicht überleben.

Weißt du, unsere Lebenswelt an der Oberfläche ist im Laufe der Jahrtausende immer enger geworden, unsere Bevölkerung ist geschrumpft und wir haben uns immer weiter in den Untergrund zurück ziehen müssen. An der Oberfläche von *Belatera* ist schon lange kein Leben mehr möglich. Pflanzen, Tiere und wir Menschen können dort nicht leben. Unsere Vorfahren haben dann entschieden, unsere gesamte Zivilisation unter die Oberfläche zu verlegen. Zusammen mit einigen Pflanzen und Tieren sind wir in die riesigen, künstlich geschaffenen Höhlen und Hallen unter der Oberfläche umgesiedelt. Energie hatten wir ja durch die starke Sonneneinstrahlung in Hülle und Fülle. Ganze Landschaften mit Flüssen, Wäldern und Parks wurden eingerichtet, um uns ein angenehmes Leben zu ermöglichen. Große Gehege mit allerlei Tieren dienen der Anschauung und können besichtigt werden. Zum menschlichen Verzehr halten wir ja schon seit ewigen Zeiten keine Tiere mehr, wir sind der festen Meinung, dass es ethisch verwerflich wäre, sie zu töten. Wir haben ja stattdessen gelernt, unsere Nahrungsmittel auf die Umwelt schonende, moralisch saubere Art herzustellen, und unsere Mitgeschöpfe in Ruhe ihr Leben gewähren lassen.

Schwere Arbeiten sind ja schon lange nicht mehr nötig, aber wir müssen in der Jugend einiges lernen, um all diese künstliche Unterwelt am Laufen zu halten. Denn ungefährdet ist all das nicht. Die Temperaturen an der Oberfläche steigen langsam immer mehr und unsere Energieanlagen sind an der Grenze der Belastbarkeit. Manche Maschinen ermüden und müssen erneuert werden, obwohl sie schon eine Lebensdauer von einigen 100000 Jahren erreichen. Es muss wieder renoviert werden und wir hoffen, dass es gelingt."

"Wie lange dauert dein Unterricht?"

"Nach etwa zwei Stunden bin ich meistens fertig und habe Freizeit. Entweder verabrede ich mich mit meinem Freund, dem *Mirati*, oder ich hänge eben im Medienbereich ab, um zu fantasieren."

"Fantasieren, was meinst du?"

"So nennen wir die 8-D-Animationen, mit denen wir in fantastische Welten entgleiten können und aufregende Abenteuer und Sinneseindrücke erleben."

"Aber es gibt doch nur 3 Dimensionen!"

"Schon, wenn du nur den Raum nimmst, dann sind es nur 3. Aber die Animationen spielen in vielen Zeiträumen und sprechen alle unsere Sinne an, also auch Sehen, Fühlen, Hören, Riechen. Das ergibt zusammen mit den Dimensionen des Raums eben acht Dimensionen, verstehst du? Das ist so echt, das glaubst du gar nicht!"

"Ich glaube es ja, aber so perfekt war das zu meiner Zeit bei euch noch nicht, vielleicht nimmst du mich ja mal mit zu so einem Abenteuer. Aber du wirst doch nicht dauernd dort deine Zeit verbringen, oder?"

"Na ja, die meiste Zeit schon, denn es gibt sonst nichts zu tun. Vielleicht könnte ich in einem der künstlichen Parks spazieren gehen oder laufen, aber das ist alleine auch langweilig, denn die meisten anderen Jugendlichen haben auch keine Lust auf so etwas. Aber klar, zum Essen und Schlafen unterbrechen wir schon die Animationen. Dann treffen wir uns meist mit den anderen Kindern und Jugendlichen zu Mittag und zu Abend. Aber es ist nicht sehr interessant. Man spricht halt über die neuesten Animationen, die man gerade erlebt hat oder die auf uns warten. Die Medien-Computer sind ständig dabei, sich neue Abenteuer und Erlebnisse auszudenken. Die wir dann konsumieren können."

"Das ist doch ziemlich öde, so passiv sein Leben zu verbringen. Habt ihr keine Pläne, Träume von einem angenehmeren, sinnvollen Leben mit realen Erlebnissen? Es muss doch auch in deinem Leben noch einen Lichtblick geben?"

5 Eine vage Idee

"Ich weiß nicht, ob ich es dir verraten soll, aber es gibt tatsächlich noch eine kleine Chance, eine vage Idee, die wir Jugendlichen uns ausgedacht haben. Von den Erwachsenen bekommen wir keine Unterstützung, denn die sind entweder mit der Aufrechterhaltung der Systeme zur Lebenserhaltung hier unten beschäftigt oder sie sind selbst auch in den virtuellen Welten der Animationen unterwegs. Ja, es gibt wenig Erfreuliches bei uns."

Karila ist sehr bekümmert, *Sisa* kann es genau spüren. Aber sie lässt nicht locker: "Was ist das für eine Vorstellung, die ihr habt? Mir kannst du alles erzählen, denn ich kann ja anderen gar nichts verraten. Also, raus damit!"

"Nun, es ist nur so eine schwache Vorstellung, wie wir vielleicht doch noch zu einem besseren Leben gelangen könnten. Wir haben ja praktisch schon vor Urzeiten und noch bis vor einigen Tausend Jahren mit Raumschiffen das Weltall erforscht und nach bewohnbaren Welten Ausschau gehalten. Aber irgendwann, vielleicht vor 5000 Jahren, lange vor meiner Geburt, haben wir damit aufgehört. Denn der einzige Zweck, einen für uns bewohnbaren Planeten zu finden, der ist letztendlich nicht erreicht worden. Und die Erforschung des Weltalls ist für uns abgeschlossen. Wir kennen die Geheimnisse des Universums. Es hat also keinen Sinn mehr, auf Raumschiffen sein

Leben zu verbringen, auch wenn es im Kälteschlaf passiert."

"Ja, und weiter, was ist deine Idee?"

"Es müssten noch Anlagen und vielleicht sogar noch Raumschiffe vorhanden sein. Denn soviel ich weiß, wurden diese nicht zerstört oder verschrottet. Sie kreisen wohl noch immer um unseren Planeten *Belatera*. Auch die Raumstationen, die *Belatera* umrunden, sollten noch existieren. Und die Weltraumaufzüge mit denen man bequem von der Oberfläche von *Belatera* zu den Raumstationen gelangen kann.

Wenn es uns gelänge, ein Raumschiff instand zu setzen, dann könnten wir damit unseren trostlosen Planeten verlassen. Selbst wenn wir dann auf ewig durch das All treiben müssten, das wäre besser als dieses sinnlose Leben hier. Wir sind jetzt an diesem Punkt, dass uns so ein Vorhaben als erstrebenswerteres Lebensziel erscheint als das Leben, das wir hier haben.

Aber wir wissen natürlich nicht, in welchem Zustand diese Technik ist. Vielleicht ist nichts mehr vorhanden, vielleicht sind noch ein oder zwei Raumschiffe in den Umlaufbahnen, vielleicht sind sie gar nicht mehr funktionsfähig. Oder doch zerstört? Dann wären alle unsere Hoffnungen umsonst und nichts könnte uns mehr retten. Ich hoffe, dass dies nicht der Fall ist, und brauchbare Reste der Raumfahrttechnik noch vorhanden sind.

Das sind so die Diskussionen zwischen uns Jugendlichen. Wir sind eine Gruppe von etwa einhundert,
die diesen Gedanken nachhängen."

6 Der Plan zur Rettung

"Oh, das ist ja wunderbar, dass ihr schon darüber nachdenkt, euren Planeten zu verlassen. Denn bei uns auf der *Erde* ist genau so etwas zu einer großen Idee entwickelt worden. Weißt du, euer *Chu Fur*, also der bei uns mehrere Tausend Jahre gelebt hat, der hat uns vorgeschlagen, euch alle zusammen auf der *Erde* aufzunehmen.

Ihr seid ja auch nur noch eine überschaubare Zahl von Menschen, etwa 40000 Leute, wie du sagst, die sollten doch mit einem oder zwei großen Sternenschiff zu transportieren sein. Ihr könntet hier auf der *Erde* eure Zivilisation wieder aufbauen und ohne Furcht vor eurem Untergang weiter leben. Die Menschheit wäre damit einverstanden. Im Gegensatz zu eurer Sonne *Stalata* wird unsere Sonne noch etliche Milliarden Jahre friedlich existieren. So gesehen ist das Leben auf der *Erde* für sehr lange Zeit gesichert.

Die Weltregierung der *Erde* hat diesem Plan bereits zugestimmt, denn es ist ein Akt der Menschlichkeit, euch zu helfen. Zumal wir ja so nah miteinander verwandt sind. Menschen und *Belateraner* sind wie Brüder. Wir würden euch ein großes Gebiet auf der *Erde* schenken, das eine gewisse Ähnlichkeit mit dem *Belatera* hat, das ich noch kenne, bevor es so unerträglich heiß geworden ist. Dort könntet ihr eure Stadt aufbauen und - wenn ihr wollt - in Ruhe leben.

Aber zur Verwirklichung dieses Plans müsste ein großes Raumschiff zur Auswanderung vorhanden sein. Ihr bräuchtet ein interstellares Raumschiff mit Tiefschlafeinrichtungen. Die Reise zur *Erde* dauert etwa 3000 irdische Jahre oder etwa 250 *Belatera*-Jahre. Wenn ihr rechtzeitig mit der Reise beginnen könntet, dann würdet ihr zu meiner Zeit auf der *Erde* eintreffen. Denn mein Kontakt mit dir spielt sich etwas mehr als 3000 Jahre vor der Jetzt-Zeit der *Erde* ab."

"Bei den 10 Monden, das ist ein gewaltiger Vorschlag, ich bin ganz aufgeregt. Und so eine Übereinstimmung mit unseren eigenen Plänen! Ich muss das mit meinen Freunden besprechen. Gleich. Kommst du mit?"

"Nein, ich werde mich jetzt erst einmal zurückziehen, denn ich muss auch meinen Freunden von dem erfolgreichen Gespräch mit dir berichten. Die sind nämlich sicherlich schon sehr neugierig und ungeduldig, ob und was ich mit dir gesprochen habe. Du solltest jetzt wirklich schnellstmöglich mit deinen Leuten an die Verwirklichung des Plans gehen. Ich werde dich in einigen Tagen erneut aufsuchen und möchte dann erfahren, ob es Chancen und Möglichkeiten zur Realisierung des Plans gibt. Das wirst du ja dann wahrscheinlich schon erfahren haben. Passt das für dich?"

"Klar, so ist es am besten. Ich werde sofort mit meinen Kameraden überlegen, wie wir vorgehen müssen. Sagen wir in fünf Tagen – euren Tagen – kannst du dich wieder bei mir melden. Dann sollten wir herausgefunden haben, ob es realistische Möglichkeiten gibt auf Rettung. Bist du damit einverstanden?"

"Ja natürlich, also in fünf Tagen komme ich wieder und hoffentlich habt ihr dann gute Nachrichten. Bis bald also!"

"Bis bald, wie ihr Erdbewohner sagt, oder "Pass auf dich auf", wie wir uns verabschieden."

7 *Sisa* berichtet

Als *Sisa* langsam wieder aus dem Gedankentransfer zurückkommt, wird sie sofort ganz lebhaft und aufgeregt von *Wolfie* begrüßt. Er freut sich ungemein, dass *Sisa* wieder Lebenszeichen von sich gibt, hat er sie doch sehr genau und mit großer Verstörtheit beobachtet. Wie sie so unbeweglich und scheinbar leblos im Sessel des *Kirikata* saß, das hat *Wolfie* sehr verunsichert. Um so größer ist seine Freude jetzt. Schnell springt er an ihr hoch und versucht ihr Gesicht abzulecken. Das schafft er nicht ganz, aber ihre Hände sind in seiner Reichweite und werden ausgiebig und leidenschaftlich beleckt.

"Aber *Wolfie*, ist doch gut, ich bin ja wieder bei dir, du siehst doch, dass mir nichts fehlt. Braver Hund! So, komm, setze dich neben mich. Dann bist du doch zufrieden."

Langsam beruhigt sich *Wolfie* und nimmt dicht neben *Sisa* am Boden Platz. Seinen Kopf hat er auf ihren Schuh gelegt und aufmerksam beobachtet er sie. Damit ihm keine ihrer Regungen entgeht.

Auch die anderen sind froh, dass *Sisa* wieder zurückgekehrt ist.

"Und?", platzt schließlich *Jonas* neugierig heraus, "hast du jemanden gefunden, mit dem du dich verständigen konntest?"

"Ja, wie war es, erzähle!", fragen *Lisa* und *Chu Fur*

fast gleichzeitig, "Hat es geklappt?"

Sisa räuspert sich und beginnt zu erzählen: "Ja, es hat geklappt. Zuerst hat es ziemlich lange gedauert, bis ich mich bei meiner Kontaktperson, einem Mädchen, bemerkbar machen konnte. Sie war wohl gerade in so einem Erlebnisfilm vertieft, bei dem alle Sinne angesprochen werden und das ist natürlich ungeheuer realistisch. Zuerst hat sie gar nicht reagiert und ich musste ziemlich energisch auf sie einwirken, damit sie mich überhaupt wahrnimmt. Erst allmählich ist sie aus ihren Träumen aufgewacht und hat gemerkt, dass sie etwas stört. Nämlich meine Anwesenheit in ihrem Kopf.

Aber dann habe ich mich mit *Karila*, so heißt das junge Mädchen von *Belatera*, sehr angeregt unterhalten. Es gibt nur noch etwa 40000 Menschen dort, und sie leben sehr trostlos in tief im Boden eingegrabenen Höhlensystemen. Rein physisch geht es ihnen gut, aber sie führen ein wenig hoffnungsvolles Leben. An die Oberfläche von *Belatera* können sie sich gar nicht mehr wagen, es ist zu heiß geworden. Und so verbringen die Jüngeren ihre Zeit mit ein wenig Schule und hauptsächlich mit dem Konsum von ausgefeilten Animationsfilmen.

Aber die froh machende Nachricht ist: Die wenigen Jugendlichen, die es gibt, haben selbst schon darüber nachgedacht, ob es nicht das beste wäre, von ihrem Planeten auszuwandern. Wenn sie ein intaktes Sternenschiff flott machen könnten, dann würden sie lieber auf ewige Zeiten durch das Weltall treiben als unter der Oberfläche zu vegetieren. Ihr glaubt gar nicht, wie ich mich gefreut habe, als *Karila* mir von diesen noch sehr vagen, eigenen Plänen erzählt hat."

"Elend positiv, dann war ja dein Gespräch der volle Erfolg, oder?", wirft *Jonas* ein.

"Und wie sind die Erfolgsaussichten zur Umsetzung des Plans, habt ihr darüber auch schon gesprochen?", will *Chu Fur* wissen.

"Na ja, das weiß *Karila* nicht so genau. Sie will erst mal die anderen Jugendlichen unterrichten und dann die Erwachsenen einbeziehen. Sollten alle einverstanden sein, dann werden sie sich an die Arbeit machen, um herauszufinden, wieweit die technischen Möglichkeiten noch vorhanden sind, also ob es z.B. noch ein Sternenschiff gibt und so."

"Habt ihr euch denn zu einer weiteren Besprechung verabredet?", fragt *Lisa*.

"Klaro, in fünf Tagen ist es soweit. Dann hofft *Karila*, dass sie die Möglichkeiten einer Auswanderung in Erfahrung gebracht haben. Dann sollten sie einen Überblick über die Technik haben, die ihnen zur Verfügung steht. Das sollte auch nicht so schwer sein, denn wie ich mein Volk kenne, ist alles sehr genau und klar verständlich dokumentiert und archiviert. Ich meine, wir sollten sehr hoffnungsvoll sein."

III - Ein Volk sucht nach Rettung

1 Auf der Versammlung

Karila erhebt sich und begibt sich in den Versammlungsraum, wo einige ihrer Mitbürger gerade ihren Hobbys und alltäglichen Tätigkeiten nachgehen.

Sie stellt sich vorne hin und ruft: "Hört mal her, ich habe euch eine sehr wichtige Mitteilung zu machen. Ich habe gerade mentalen Kontakt mit einem Mädchen von der *Erde* gehabt. Es ist *Sisa*, die vor 3 Millionen Jahren mit einem Erkundungsraumschiff zur *Erde* gereist ist. Die Geschichte mit *Sisa* und ihrer Mission zur *Erde* sollte euch allen vom Unterricht her bekannt sein. Sie lebt auf der *Erde* und hat dort *Chu Fur* getroffen, der vor mehr als 4000 Jahren mit einem der letzten Sternenschiffe aufgebrochen ist. In den Archiven müsste sein Name bei den Besatzungen eines damaligen Sternenschiffs verzeichnet sein. Er hat sich auf der *Erde* eingerichtet und jetzt hat er sich einen Plan zu unserer Rettung überlegt. Er und die ganze *Erde* lädt uns ein zur *Erde* auszuwandern. Wir sollen versuchen, ein Sternenschiff in Gang zu bringen und uns auf die lange Reise zu machen. Alle! Was haltet ihr davon?"

Nach einer kurzen Pause der Überraschung mit atemloser Stille breitet sich ein lautes Durcheinander von Stimmen aus. Alle haben neugierige Fragen und wollen Genaueres wissen. Die anwesenden Jugendlichen sind hellauf begeistert und diskutieren die Neuigkeiten. Schnell werden auch die anderen Jugendlichen, die gerade nicht anwesend sind, informiert. Nach und nach treffen alle im Versammlungsraum ein und wollen sich über die Neuigkeit informieren. *Karila* wiederholt noch einmal in Stichworten die sensationelle Nachricht. Zuversicht keimt auf, ja, vielleicht gibt es doch wieder eine lebenswerte Zukunft.

Karila, die so etwas wie eine Anführerin zu sein scheint, ruft in die Menge: "Ihr seid also offensichtlich genau wie ich sehr von diesem Plan überzeugt und ihr steht voll dahinter. Wir wollen somit versuchen, zur *Erde* auszuwandern. Und weil das nicht so ganz einfach ist, müssen wir schleunigst mit der Planung beginnen. Wir müssen einige Dinge herausfinden und überlegen, ob es sich realisieren lässt. *Mirati* soll die andere Gruppierung benachrichtigen. Wir müssen überlegen, was notwendig ist und die einzelnen Aufgaben erkennen. Dann müssen wir organisieren, wer sich um welche Bereiche kümmern soll."

Mirati fährt fort: "Ich könnte mal im Archiv nachsehen, wie es mit den Raumschiffen bestellt ist. Mich interessiert die technische Vergangenheit und ich habe schon oft in den Plänen der Raumfahrt nachgeforscht. Es gibt da übrigens ganz tolle 3D-Videos zu den Meilensteinen unserer Raumfahrt."

"Perfekt, mach das!", nickt *Karila* zustimmend.

2 Ein Plan nimmt Gestalt an

Nachdem *Mirati* und *Karila* die andere Gruppe auf *Belatera* informiert haben, wird umgehend ein Treffen per holografischer Konferenz anberaumt. Schon am nächsten Tag sind die erwachsenen Vertreter der Gruppe und die Jugendlichen in einem der Medienräume versammelt.

Gernos, der Bürgermeister der zweiten Gruppe, beginnt: "Was ihr uns erzählt habt, klingt fast zu schön, um wahr zu sein. Wir hatten schon keine Hoffnung mehr auf eine Rettung unseres Volkes. Es ist wie ein Wunder. Und ihr seid sicher, dass es diesen Kontakt mit der *Erde* wirklich gibt? *Karila*, du sprichst doch die Wahrheit, es ist kein Streich, den du dir aus Langeweile ausgedacht hast? Das wäre ziemlich fies von dir, wenn alles nicht wahr wäre. Also, ist das alles so, wie es uns *Mirati* erzählt hat?"

"Aber ja, es ist so. Die auf der *Erde* lebende *Sisa* hat mich mental angerufen und mir diesen Plan der Rettung erzählt. Sie ist dazu 3002 irdische Jahre in die Vergangenheit gereist, um uns das mitzuteilen. Und dass wir uns beeilen sollen, unsere Auswanderung vorzubereiten, denn die Zeit ist genau eingeteilt.

Sie meint, dass die Reise genau 3000 irdische Jahre dauert und dass uns exakt zwei Erden-Jahre zur Vorbereitung bleiben. Denn dann wird sie und die *Erde* uns in ihrer Gegenwart erwarten. Ja, so und nicht anders ist es! Du kannst mich scannen und herausfinden ob ich die Wahrheit sage." *Karila* nickt und blickt *Gernos* ernst an.

Dieser versenkt sich in *Karila*s Geist und erforscht ihr Innerstes. Auch nicht die leisesten Gedanken und Empfindungen entgehen dem geschulten Spüren von *Gernos*. Freilich, diese Art des Überprüfens der Gedanken eines anderen Menschen ist auf *Belatera* streng geregelt. Nur mit Einwilligung der Betroffenen ist es erlaubt. Der Schutz der Privatsphäre wird streng geachtet und darf nicht durch andere Interessen ausgehebelt werden.

Nach einer kleinen Weile ist *Gernos* überzeugt: "Ich kann nichts Falsches oder Unrichtiges in dir entdecken, ich glaube dir also und wir sind bereit, dieses Projekt anzugehen. Die Bevölkerung steht natürlich einstimmig hinter diesem Vorhaben. Wir haben allerdings auch keine andere Alternative. Denn unser Volk kann sich auf Dauer nicht mehr retten. Die Zerstörung unseres Planeten durch unsere Sonne *Stalata* ist unabwendbar. Alle Versuche, das abzuwenden, sind, wie ihr alle wisst, gescheitert. Deshalb stimmen wir für euren Plan. Wir Alten werden euch Jungen die Aufgabe übertragen, alle notwendigen Schritte zu planen und in die Wege zu leiten. Aber ich bitte euch, uns Bürgermeister regelmäßig vom Stand der Dinge zu unterrichten. Ich hoffe, dass wir, nun ja, dass ihr, erfolgreich seid. Wir Erwachsenen ziehen uns jetzt zurück und überlassen euch das Feld." Er setzt sich zurück in seinen Mediensessel und sein Hologramm verschwindet aus dem Raum.

Sofort beginnen die Jugendlichen zu diskutieren, was alles bedacht werden muss, um die Auswanderung zu beginnen. Schnell wird klar, dass es eine sehr große Aufgabe ist und dass sich einige Teilprobleme ergeben, für die brauchbare Lösungen gefunden werden müssen. Es sind dies:

Überprüfung und Bereitstellung der Funktion der Raumstation, Bereitstellung von Raumschiffen

Transport zu den Raumschiffen

Planung zur Mitnahme aller wertvollen Dinge, die mitgenommen werden können

Diese drei großen Bereiche müssen also bewältigt werden. *Mirati und Karila* stellen sich zur Planung der ersten zwei zur Verfügung. *Mirati* blickt fragend in die Runde: "Wir brauchen noch jemand, die sich um den letzten Punkt kümmert. Wer kann das machen?"

Aftilis meldet sich: "Ich übernehme das und werde mich kümmern. Mir liegen sowieso die wertvollen Kulturschätze und die Kunst sehr am Herzen."

Mirati: "Alles klar, damit sind die Aufgaben verteilt und darum geht so schnell wie möglich an die Arbeit! In zwei Tagen treffen wir uns wieder hier und informieren uns gegenseitig, was wir herausgefunden haben. Einverstanden?"

"Ja, ja!" kommt die einstimmige Antwort.

3 *Mirati*s Aufgabe: Raumstation und Raumschiffe

Mirati hat, wie versprochen, sich umgehend in das große, zentrale Medienarchiv eingeklinkt und seine Recherche begonnen. Es dauert einige Zeit, bis er an die neuesten Nachrichten diesbezüglich vordringt. Denn die Raumfahrtgeschichte von *Belatera* ist ja sehr, sehr alt und es sind unzählige Berichte, Beschreibungen, Fakten und technische Details zu Raketen, Fahrzeugen, Grundlagen der Antriebe, Zweck der Missionen über die Jahrhunderttausende gespeichert. Viele dieser Unterlagen handeln von den Schiffstagebüchern der Raumschiffe, die ausgesandt wurden, das All zu erforschen, oder um eine neue Heimat der Bewohner von *Belatera* zu finden. Ein ungeheurer Wissensschatz, der Erkenntnisse und Erlebnisse bei Tausenden von Raumreisen und besuchten Planeten enthält.

Schließlich gelangt er an die letzten Berichte, die genau die Informationen enthalten, wonach er sucht: Der Stand der Raumfahrt der letzten fünf Tausend Jahre.

Das Ergebnis seiner Nachforschungen ist Folgendes: Von den ursprünglich 20 Raumstationen, die in verschiedenen Höhen und zu verschiedenen Zwecken um *Belatera* kreisten, ist nur noch eine Station vorhanden. Es gibt Protokolle, die berichten, dass die restlichen Stationen in den letzten 100000 Jahren verlassen wurden und ihre Wartung eingestellt wurde. Sie sind schließlich irgendwann von der Anziehungskraft des Planeten so weit beeinträchtigt worden, dass sie immer mehr in der dünnen Restatmosphäre in der Höhe ihrer Bahnen abgebremst wurden. Dann sind sie tiefer und tiefer in die dichtere Atmosphäre eingetaucht, erhitzt worden, als glühende Artefakte über den Himmel gerast. Am Ende sind sie in Trümmer zerbrochen und auf der wüstenartigen Oberfläche von *Belatera* abgestürzt.

Mirati muss versuchen, in Kontakt mit der einzigen intakten Raumstation zu treten. Glücklicherweise stellt sich heraus, dass es dazu eine intakte Funkverbindung gibt. Diese befindet sich allerdings im Kontrollzentrum *Moreia* an der Oberfläche von *Belatera*. In einer der Bodenstationen, von denen auch die Fahrstühle ins All starten. Nur von dort aus kann er mit der Raumstation in Verbindung treten.

Er überlegt: Er war noch niemals an der Oberfläche von *Belatera*, er hat sein ganzes Leben in der unterirdischen Welt der Höhlenstadt verbracht. Ob er sich das zutraut? Ist es nicht sehr gefährlich an der Oberfläche? Wie hoch ist die Strahlung? Ist die Hitze an der Oberfläche nicht tödlich? Wie kann er sich dort bewegen? Gibt es noch Transportmöglichkeiten? Viele Fragen, er beschließt, sich mit den anderen zu beraten.

Und wie sieht es mit Raumschiffen aus?

Er erfährt, dass vor zweitausend Jahren der Bau von

drei großen und einem kleinen Raumschiffen mit Tiefschlaftechnik begonnen wurde. Aber als die katastrophale Erhitzung der Oberfläche noch weiter zunahm, als immer mehr und mehr alle Anstrengungen darauf verwendet werden mussten, das Leben auf der Oberfläche von *Belatera* zu erhalten, da war an eine weitere Fortsetzung von Raumfahrt nicht mehr zu denken.

Mirati findet heraus, dass diese letzten Raumschiffe sich noch im Orbit befinden müssten. Jedenfalls gibt es keine Hinweise darauf, dass sie zerstört oder abgewrackt wurden. Ein minimales Serviceprogramm wurde damals installiert, um diese Raumschiffe zu warten und sie in stabilen Umlaufbahnen zu halten. Als letzter Eintrag ist allerdings zu sehen, dass Raumschiff Nummer 2 vor 531 Jahren durch einen Asteroiden zerstört wurde. Dieser ist aus den Tiefen des *Stalata* - Systems ungebremst und unabwendbar mit dem Raumschiff kollidiert und hat es völlig zerstört. Seine Trümmer kreisen teilweise noch in seiner ursprünglichen Umlaufbahn, teilweise sind sie auf die Oberfläche des Planeten herabgestürzt. Die Fundstellen der Trümmer sind registriert und aufgezeichnet worden. Also gibt es wohl nur noch drei Raumschiffe.

Des weiteren steht in den Unterlagen, dass die beiden großen Raumschiffe mit Tiefschlaftechnik für jeweils bis zu zwanzigtausend Passagiere ausgerüstet sind. Das kleine Raumschiff hat nur Platz für knapp 200 Menschen. Außerdem sind wohl jeweils einige Androiden an Bord und verrichten dort Dienst. Sie sind mit der Wartung der Raumschiffe beschäftigt, sind verantwortlich für alle technischen Abläufe und führen Beobachtungen durch.

Ja, es sieht ganz gut aus, vorerst!

4 *Karila*s Aufgabe: Transport ins All

Karila ist so etwas wie die Sprecherin der Gruppe ihrer Stadt. Sie kann ausgezeichnet mit den anderen reden und hat immer eine zündende Idee, mit der sie alle wie alle zufrieden stellen kann. Aus diesem Grund ist sie sehr beliebt und wird von den anderen gerne als Anführerin anerkannt.

Sie muss nun herausfinden, wie der Transport zu der Bodenstation möglich ist. Schnell kommt sie dahinter, dass in einem Tunnel eine Zugverbindung zur Schwesterstadt die einzige Verkehrsverbindung ist. An der Oberfläche existieren keine Verbindungen mehr. Die Bodenstation ist nur über Land zu erreichen.

Die glühende Hitze auf *Belatera* hat die Züge zerstört, der immerwährende Sandsturm hat die Gleise der Bahnen vergraben und die Energieleitungen sind zerbrochen. Man ist also auf einen Transport an der Oberfläche mit autarken Fahrzeugen angewiesen.

Sie fragt nach und bekommt als Antwort von den älteren Bewohnern: "Ja, es gibt eine ganze Reihe von Fahrzeugen, mit denen wir früher gelegentliche Ausflüge an der Oberfläche unternehmen konnten. Es sind sowohl Fahrzeuge für Einzelpersonen als auch für größere Mannschaften und auch zum Transport von Gütern. Sie sind in einem unter der Oberfläche versteckten Hangar gelagert. Hier sind die Codeschlüssel für den Zugang."

Sie beschließt, schon in den nächsten Tagen diesem unterirdischen Lager einen Besuch abzustatten. Sie muss unbedingt herausfinden, wie es um diese Fahrzeuge steht. Sind sie noch vorhanden? Sind sie intakt und funktionieren sie noch? Müssen sie vielleicht umgebaut werden? Alles wichtige Fragen, deren Beantwortung keinen Aufschub erleiden dürfen.

Mit einigen Androiden im Schlepptau hat sich *Karila* zu dem Hangar aufgemacht. Er liegt direkt neben dem Haupttunnel ihrer Stadt, nur durch starke Tore abgetrennt. Diese müssen ja die möglicherweise dort herrschenden lebensfeindlichen Verhältnisse, wie hohe Temperaturen, starke Strahlung oder Sandstürme abhalten können.

Als *Karila* den Zugang zum Hangar öffnet, schlägt ihr Herz ganz aufgeregt. Was sie dort wohl erwartet? Aber ihre Aufregung ist ganz umsonst. Die große Halle ist völlig intakt und die Lagerungsverhältnisse sind angenehm. Aneinander gereiht stehen viele verschiedene Fahrzeuge in der großen Halle und scheinen unversehrt zu sein. Sie inspiziert sie der Reihe nach mit ihren Androiden und sie stellen fest, dass alle noch fahrbereit sind. Die Fahrzeuge haben ausnahmslos fortschrittliche Atombatterien, die ihnen dauerhaft die Energie für die elektrischen Antriebsmotoren liefern. *Karila* startet die Motoren und ist erleichtert, dass alle Maschinen noch einwandfrei funktionieren.

Aber ein Problem gibt es doch: Die Fahrzeuge sind

wohl gegen die verschärften Strahlen und die Hitze an der Oberfläche nur unzureichend geschützt. Da muss nachgerüstet werden. Sogleich beauftragt sie einige Androiden, hier für Abhilfe zu sorgen. Diese sind dazu bestens ausgerüstet und ausgebildet und bald bringen sie Werkzeuge und auch verschieden große Schutzplatten aus Hitze abweisendem Material, die an den Fahrzeugen angepasst und montiert werden. Zum Teil schützen sie gegen die Hitze, zum Teil gegen die gefährliche Strahlung ihrer Sonne *Stalata*. Zudem finden sie in einem angrenzenden Lagerraum eine große Anzahl von individuellen Schutzanzügen, mit denen Menschen sich gefahrlos an die Oberfläche begeben können.

5 *Aftilis* Aufgabe: Wertvolles retten

Aftilis Aufgabe besteht darin, diejenigen Güter zu finden, die sie bei ihrer Auswanderung mitnehmen können. Sie überlegt, dass es sich überwiegend um Kunstwerke und technische Errungenschaften handeln wird. Auch seltene und wertvolle Bodenschätze, wie Gold, Platin, Diamanten kommen in Frage.

Dazu befragt sie die Archive. Keine leichte Aufgabe, denn die lange Geschichte der *Belateraner* bringt es mit sich, dass nahezu unendlich viele künstlerische Arbeiten auf vielen musischen Gebieten angefertigt wurden. Erleichtert stellt sie fest, dass schon vor Generationen eine Liste von besonders wertvollen Kunstwerken aufgestellt wurde. Nach Absprache mit ihren Mitstreitern, beschließen sie, sich an diese Liste zu halten. Alle diese Kunstgegenstände befinden sich in einem großen Depot bei ihrer unterirdischen Stadt. Aber wie soll sie eine Auswahl treffen? Die Anzahl der Kunstwerke ist viel zu groß, um in den Raumschiffen mitgenommen zu werden. Glücklicherweise findet sie die Pläne, um diese Kunstwerke herzustellen. Es ist so: Alle Daten dieser Kunstwerke, also Material, Maße und jedes kleinste Teilchen sind in Computerprogrammen kodiert. Mit denen lassen sich Drucker ansteuern und absolut identische Gemälde, Statuen, Installationen und ähnliches herstellen. Somit ist es nicht nötig, die Kunstwerke selbst mitzunehmen, es genügen die Baupläne und einige Drucker.

Im Archiv stößt sie auf eine Zusammenstellung der besten Maschinen und Apparate, die von den Wissenschaftlern und Ingenieuren von *Belatera* jemals erfunden worden. Auch davon sind jeweils einige Exemplare in einem der Hangars bei der Stadt eingelagert.

Es scheint, als ob die Vorväter bereits geahnt hätten, dass einst in einer derartigen Existenzkrise eine kompakte Sammlung von wertvollen Dingen nützlich sein könnte.

Zudem kommen natürlich unzählige schriftliche und bildliche Beschreibungen, Darstellungen und 3D-Holofilme, die sich auf künstlerische, technische und wissenschaftliche Höchstleistungen beziehen und sie beschreiben.

Als *Aftilis* diese Aufzeichnungen liest, als sie die ungeheure Menge an künstlerischen und technischen Leistungen erkennt, die in den vielen Jahrmillionen der Kultur ihres Volkes entstanden sind, da entsteht in ihr eine unendliche Traurigkeit.

All diese Leistungen haben sie nicht vor dem drohenden Untergang retten können, all die Erkenntnisse, all die Kunst kann verloren gehen. Die Kultur eines ganzen Planeten, das Wissen einer ganzen Menschheit steht kurz vor der Auslöschung! Wie sinnlos erscheint ihr der Aufstieg ihres Volkes aus den ersten Anfängen vor Jahrmillionen von den Urmenschen bis zu den wissenden Menschen ihresgleichen, wenn eine drohende kosmische Katastrophe dem vielleicht sehr bald ein Ende bereiten kann?

Tief in derartige trübe Gedanken versunken, sinniert sie vor sich hin.

"*Aftilis*, schläfst du?", weckt *Mirati* sie aus ihrer tiefen Depression.

"Wir müssen uns beeilen, einen Weg zu finden, wie wir uns und unsere Kultur retten können. Und durch das unglaubliche Wunder der Kontaktaufnahme mit *Sisa* haben wir neue Hoffnung geschöpft. Es muss uns gelingen! Wir sind es uns schuldig, alle nur erdenklichen Anstrengungen zu unternehmen. Wir dürfen nicht Trübsal blasen und aufgeben. Die Rettung muss gelingen! Unsere Vergangenheit ist traurig, aber mit etwas Glück haben wir doch eine Zukunft. Sei so nett und mach dich an die Arbeit. Du hast eine wichtige Aufgabe bei unserer Rettung."

Aftilis schrickt aus ihrer Lethargie auf und blickt *Mirati* an, der so leidenschaftlich versucht sie aufzumuntern. Und tatsächlich, sie schöpft wieder neuen Mut, dass noch nicht alles verloren ist. Sie haben eine Chance, und sie nimmt sich fest vor, diese zu nutzen. Ja, es muss gelingen!

Aftilis macht einen Plan. Sie findet Angaben, wo all das Wissen gespeichert ist. Sie holt sich einige Dutzend Androiden, die den Auftrag bekommen, die Daten auf transportable Datenspeicher zu übertragen.

Zudem sind die Pläne der Kunstwerke und Beispiele von besonders wichtigen Apparaten für den Transport zusammen zu stellen. Eine große, logistische Aufgabe.

6 *Karila* bekommt wieder Besuch

Schon sind die vereinbarten fünf Tage vergangen und es ist Zeit, sich mit *Karila* wieder in Verbindung zu setzen. *Sisa*, *Lisa* und *Jonas* fahren mit dem Bus Nummer 22 von *Hummer* zur Zentrale, den *Wolfie* nehmen sie natürlich mit.

Als sie dort ankommen, werden sie von der Besatzung der Androiden herzlich begrüßt. *Karimo* eilt herbei: "Das ist ja eine Überraschung, dass ihr uns schon wieder besucht. Wir freuen uns immer so, euch zu sehen. Das ist eine prima Abwechslung. Ihr glaubt ja gar nicht, wie aufreibend bei uns die tägliche Arbeit im Mittelpunkt der Forschungsaktivitäten zwischen irdischen Wissenschaftlern und Technikern und uns ist. Wir müssen ja immer beratend, unterstützend und mit unseren Kenntnissen für diese vielen Leute da sein. Ihr wisst ja, die vielen technischen Einrichtungen unseres Raumschiffs, da brauchen viele Forscher Unterstützung und Einweisung zur Bedienung. Wir machen es ja gerne, aber damit sind wir wirklich ausgefüllt, und zwar die gesamte Mannschaft der Zentrale.

Ja, und jetzt kommen auch noch die vielen Anfragen zur Rettung des Volkes der Stellaner, viele Medienkanäle glauben, dass wir ihnen Neuigkeiten aus erster Hand geben könnten. Dabei wissen wir ja auch nicht mehr, als das, was schon bekannt ist.

Und da ist es sehr schön, mal mit euch drei, na ja

vier, entspannt und freundschaftlich zu reden. Kommt doch mit in den Salon, wir wollen uns ein wenig unterhalten."

Gerne folgen die Kinder dem Kommandanten *Karimo* und machen es sich im Salon bequem. Schnell sind ein paar Getränke und kleine Essenshappen aus den automatischen Nahrungsautomaten geholt und der stets hungrige *Wolfie* bekommt auch ein paar Happen aus dem bereitstehenden Behälter für Hundefutter. Dankbar und ohne Murren schlingt er schnell alles hinunter und bedankt sich kurz mit einem freudigen Bellen.

"Jetzt erzählt doch mal, wie eure Recherchen vorankommen!", fordert *Karimo* sie auf.

"Ganz gut, aber wir sind heute gerade deshalb hier. Wir müssen mit *Karila* Kontakt aufnehmen, um zu erfahren, ob unsere und ihre Pläne Aussichten auf Erfolg haben.", antwortet *Sisa*.

"Ach so, dann wisst ihr noch gar nicht, ob es eigentlich möglich ist, die Bevölkerung von *Belatera* zu retten?", fragt die herbei geeilte *Alatee* mit hochgezogenen Augenbrauen.

"Nein, leider, aber wir hoffen, dass wir euch in ein paar Stunden positive Nachrichten geben können. Wenn ich mit *Karila* gesprochen habe, werden wir sehen, wie die Chancen stehen. Hoffentlich sind es gute Nachrichten!", antwortet *Sisa*.

"He, warte mal, ich würde auch gerne mal mit einem

der dortigen Jugendlichen Kontakt haben, elend gern!", ruft *Jonas* dazwischen.

"Warum nicht, ihr habt doch drei *Kirikata* zur Verfügung, da könnt ihr doch gleichzeitig euch in die Köpfe der Jugendlichen auf *Belatera* einklinken.", regt *Karimo* an.

Lisa strahlt: "Oh, das wäre wunderbar, wenn wir das ausprobieren könnten, ich möchte das auch gerne."

"Alles klar, probiert es erst mal aus, ich wünsche, dass ihr positive Nachrichten bekommt."

Nun haben es *Sisa*, *Lisa* und *Jonas* sehr eilig, zu den *Kirikata* zu gelangen, um Kontakt zu bekommen. Schnell verabschieden sie sich von *Karimo* und *Alatee*, mit dem Versprechen ihnen baldmöglichst Bescheid zu geben, was sie erfahren haben.

Im Medienraum mit dem *Kirikata* stülpt sich *Sisa* eilig den Datenhelm über, schaltet dass Gerät ein und ruft ihre letzte Übertragung auf.

Auf dem Display sieht sie, dass die Maschine alle Daten getreulich gespeichert hat und wieder zur Verfügung stellt.

Als *Lisa* und *Jonas* nicken und mit den Daten ebenfalls zufrieden sind, will *Sisa* den Befehl zum Starten geben, als *Jonas* noch schnell einwirft: "Und frage die *Karila*, ob *Lisa* und ich uns auch in einen ihrer Gefährten transferieren dürfen, das wäre elend toll!"

7 Auf *Belatera* bei *Karila*

Diesmal geht der Kontakt mit *Karila* ziemlich schnell vonstatten, denn das *Kirikata* hat seine Einstellungen zum Kontakt auf *Karila* genau justiert, und diese hat den Kontakt ja auch erwartet und ist diesmal bereit, ihn gerne zuzulassen.

"Hey, da bist du ja wieder, *Sisa*! Ich habe dich schon erwartet. Ist alles in Ordnung bei dir? Bei uns läuft alles seinen Gang und ja, wir sind guten Mutes, dass unsere Pläne klappen könnten. Soweit wir bisher recherchiert haben. Soll ich dir berichten, wie es aussieht, was wir bisher herausgefunden haben?"

"Ja, hallo, *Karila*, ich freue mich für uns alle, dass es so rosige Aussichten gibt. Aber bevor wir weitermachen, habe ich eine große Bitte an dich und möglicherweise an euch. Du weißt ja, dass ich mit meiner Freunden *Lisa* und ihrem Bruder *Jonas* hier zusammen bin. Und die beiden würden auch so gerne mit euch in Kontakt treten. Sie würden sich gerne in deine Freunde teleportieren, so dass wir gemeinsam erleben könnten, wie es bei euch aussieht. Wir haben hier nämlich drei von diesen Wundergeräten, dem *Kirikata*, so dass es technisch möglich wäre. Was meinst du?"

"Ja, warum nicht, ich frage gleich mal meine Freunde, das Mädchen *Aftilis* und den Jungen *Mirati*, die ja auch gerade hier bei mir sind. Warte kurz."

"*Mirati* und *Aftilis*, hört mal, *Sisa* ist wieder in mir. Sie fragt, ob ihre beiden Freunde *Lisa* und *Jonas* sich geistig mit euch beiden verbinden dürfen, ihr würdet ihnen eine große Freude bereiten."

Aftilis und *Mirati* blicken sich erstaunt an: "Was, mit uns wollen die sich verbinden? Aber andrerseits, es wäre schon eine Supererfahrung für uns, mal was viel Besseres als immer in diese Animationsfilme und Holofilme mit surrealen Erlebnissen einzutauchen, mit denen wir uns sonst bisher die Zeit vertrieben haben. Und auch noch mit realen Menschen von einem anderen Planeten sprechen können! Ja, ja, das wäre wunderbar, wenn sie gleich mit uns in Kontakt treten würden. Sag es ihnen, *Karila*. Wir sind sofort bereit dazu."

8 *Lisa* und *Jonas* dürfen sich teleportieren

Sisa verabschiedet sich kurz von *Karila* und unterrichtet *Lisa* und *Jonas*: "Ihr habt Glück, die beiden Freunde von *Karila* sind bereit für einen geistigen Transfer. Es sind ein Mädchen und ein Junge. Schnell setzt euch an die beiden *Kirikata* dort und stülpt euch die Datenhelme auf."

"Juhu, das ist aber elend schnell gegangen und ich bin so gespannt, was es dort auf *Belatera* zu sehen gibt! Aber ich möchte mich in den Jungen transferieren, im Kopf eines Mädchens herum zu stromern, das wäre elend langweilig!", ruft *Jonas* in glücklicher Begeisterung.

Das will *Lisa* aber nicht so stehen lassen und deshalb ermahnt sie ihren Bruder: "Und du *Jonas*, du solltest nicht so abfällig über Mädchen reden. Die sind nämlich mindestens genau so interessant wie die Jungen. Und oft viel phantasievoller, lieber und auch genau so gescheit wie die Jungen. Du weißt genau, dass du ohne uns zwei Mädchen keines der Abenteuer erleben würdest, die wir schon erlebt haben. Also sei fair und rede nicht so. Es ist ein wenig verletzend!", antwortet *Lisa* mit einem strengen Blick zu *Jonas*, der etwas schuldbewusst mit den Schultern zuckt.

Jonas sieht ein, dass er übers Ziel hinaus geschossen ist und räumt kleinlaut ein: "Tut mir leid, habe es nicht so gemeint. Wollte nur sagen, dass ich mich halt im Gemüt eines Jungen besser auskenne und mich dann wohler fühle. Glaube ich wenigstens."

Lisa ist zufrieden: "Gut, Schwamm drüber. Ja, ich bin auch froh, dass es klappt. Da bleibt mir das Mädchen zum Transfer. Ich bin neugierig, mit wem ich in Kontakt komme. Also los!" Sie ist sehr zufrieden, dass ihre Pläne so zügig vorankommen.

Schnell sitzen sie am *Kirikata* und schalten die beiden Maschinen ein. Nach kurzen Bereitschaftstests, die natürlich erfolgreich verlaufen, kommen die Fragen: Sollen sich die beiden Geräte mit dem *Kirikata* Nummer 1 koordinieren? Die Eingabe lautet natürlich ja! Dann werden die Einstellungen in einer Winzigkeit geändert. Der Kontakt soll an je eine andere Person erfolgen, die ganz in der Nähe der ersten Person sich befindet und die Kontaktperson von *Jonas* soll ein Junge sein und die von *Lisa* ein Mädchen.

Als alles eingegeben und nochmal auf Fehler geprüft ist, stülpt auch *Sisa* sich den Datenhelm wieder über und gibt den Befehl: "Alle Sitzungen starten!"

9 *Aftilis* erhält Besuch

Als erste meldet *Aftilis*: "Oh, da ist jemand Fremdes in meinem Kopf, den ich nicht kenne! Seltsam fühlt sich das an. Hallo, wer bist du? Vielleicht die Freundin von *Sisa*? Ja? Prima, dann hat die geistige Verbindung zu uns geklappt. Was für ein Abenteuer! Mit einem anderen Menschen in Gedanken vereint sein, so als hätte man plötzlich zwei Ichs im Kopf. Das wird noch wunderbar spannend werden. Am besten stelle ich mich gleich mal vor, damit du dich mit mir auskennst. Mein Name ist *Aftilis*, ich bin ein Mädchen von 14 Jahren in eurer Zählweise und meine Lieblingsbeschäftigungen sind das Lesen in den alten, historischen Aufzeichnungen in unseren Bibliotheken. Ich lerne auch gerne die alten Sprachen der früheren Königreiche und Völker unseres Planeten. Aber mein innigster Wunsch wäre … ich traue es mir gar nicht, ihn auszusprechen, denn es ist ja hier gar nicht möglich, dass er in Erfüllung geht. Ach egal, du darfst es ruhig wissen, also wenn ich mir etwas wünschen dürfte, dann hätte ich auch gerne ein Haustier. Mit dem man spielen kann und für das man sorgen könnte, aber das ist ja bei uns hier unter unseren erbärmlichen Verhältnissen nicht möglich. Schwamm drüber, nun zu mir. Du willst sicher wissen, wie ich aussehe. Meine Eltern und Freunde sagen, dass ich recht hübsch bin. Na ja, ich habe ganz lange, blonde Haare und bin eher klein gewachsen, so etwa 155 cm groß. Und in meinem Gesicht sind einige Sommersprossen, komisch, dass man die nicht schon vor Urzeiten längst durch Genmanipulation ausgemerzt hat. Aber mich stören sie nicht, da habe ich wenigstens ein Merkmal, das hier nicht alle haben. Ach, du willst noch wissen, wie das mit meinen Eltern ist? Meine Eltern arbeiten in Teilzeit bei der Energiezentrale, beide, Mutter und Vater, und sind ganz in Ordnung. Aber ich komme ins Erzählen, sag mir doch endlich, wer du bist! Ich bin schon so neugierig."

Lisa, die mit *Aftilis* Kontakt hat, denkt: "Hallo, *Aftilis*, ja, ich bin die Freundin von *Sisa*, ich heiße *Lisa,* bin auch 14 Jahre alt und freue mich so unendlich, bei dir zu sein. Na, ja, natürlich nur geistig, aber ich denke, wir werden eine großartige Zeit zusammen haben. Was ich gerne mache? Nun, zur Schule gehen, Geografie der *Erde* studieren und natürlich Lesen, Basteln und Mutter zu Hause ein wenig im Haushalt helfen. Ab und zu necke ich meinen kleinen Bruder *Jonas*, der übrigens auch gleich bei deinem Freund dort ankommen wird. Ist das der Junge neben dir, der mit den langen Haaren. Sieht echt süß aus! Übrigens, ich sende dir schnell noch ein Bild von mir, damit du dir besser vorstellen kannst, wer dich besucht!"

Lisa strengt sich an, sich ihr eigenes Spiegelbild vorzustellen und es für *Aftilis* sichtbar zu machen. Und schon nach kurzer Zeit ruft *Aftilis* ganz erfreut: "Ich habe es, ich sehe dich, du hast ein freundliches Gesicht und deine Augen blitzen vor Lebensfreude. Du gefällst mir. Das wird eine nette Zeit, die ihr hier bei uns seid."

10 *Mirati* erhält Besuch

Mirati hat sich gerade aus seinem bequemen Sitz erhoben, um sich ein Getränk zu holen, als *Jonas* sich mit Ungestüm in seinem Geist bemerkbar macht: "He, hier bin ich, ziemlich fremdartig alles bei dir, aber auch elend spannend. Ich bin der *Jonas*, der Bruder von *Lisa* und *Sisa*. Und ich bin so froh, dass es geklappt hat und ich genau bei dir gelandet bin. Ich bin 13 Jahre alt und so neugierig, was ich bei euch alles erleben werde. Wer bist du denn, wie heißt du? Komm, erzähl mir zur Begrüßung ein wenig von dir!"

"Mann, oh Mann, du hast mich ordentlich erschreckt mit deinem plötzlichen Hereinplatzen in meinen Kopf, ich hätte fast meinen vollen Becher mit *Donisse*[8] verschüttet. Jetzt muss ich mich erst mal hinsetzen, und mich von dem Schreck erholen, so heftig bist du präsent. Kannst du vielleicht bitte deine Intensität etwas dämpfen, das wäre sicherlich angenehmer für mich. Aber ansonsten bist du mir natürlich sehr willkommen. Also Willkommen, *Jonas*, lass uns Freunde werden. Die Hände können wir uns ja leider nicht wirklich schütteln. Was mich anbetrifft, ich heiße *Mirati* und bin wie die beiden anderen hier 14 Jahre alt. Meine Lieblingsbeschäftigung sind Hologrammfilme ansehen, am besten reine Fantasyfilme

---

8   *Donisse* - ein beliebtes Getränk auf *Belatera* mit so einer
    Art Zitronengeschmack

oder auch historische Filme aus unserer Vergangenheit. Daneben gehe ich ganz gerne zur Schule und mich interessieren vor allem dort die technischen Grundlagen unserer Zivilisation. Mathematik und Logik mache ich auch sehr gerne. Vielleicht würde ich einmal Techniker in unseren Versorgungssystemen werden, wenn wir weiter auf diesem traurigen Planeten bleiben müssten. Aber ihr habt uns ja große Hoffnungen gemacht, dass wir zu euch kommen können. Und ich darf schon mal so viel sagen, dass diese Aussichten auf Rettung aus unserer Sicht bis jetzt durchaus berechtigt sind. Ja, nach unseren bisherigen Erkenntnissen könnte das klappen. Es ist erstaunlich und super, dass ihr jetzt in spiritueller Form bei uns seid, du, deine Schwester *Lisa* und *Sisa*. Und wir werden euch zeigen, was wir bisher erfahren haben. Das ist nämlich schon eine ganze Menge, was wir heraus gefunden haben. Und ihr könnt dabei sein, wenn wir Neues entdecken."

"Oh, prima, ich bin wirklich gespannt, wie es bei euch aussieht und was ihr hier so macht. Vielleicht kann ich ein wenig von eurem Planeten sehen, wenn da möglich wäre. Aber nur, wenn es nicht zu gefährlich ist. Denn euer Planet ist, wie wir erfahren haben, ziemlich unwirtlich geworden, elend heiß. Und dann würde ich gerne auch noch ein wenig von eurem Leben hören und wie es bei euch in der Vergangenheit gewesen ist. Könnten wir uns nicht alle hier an den Tisch setzen und ihr erzählt uns wie die Geschichte eurer Zivilisation verlaufen ist. Das fände ich elend spannend."

Mirati nickt, findet aber gleich eines an *Jonas* etwas seltsam: "Sag mal, du benutzt immer wieder das Wort elend, was bei uns hier auf *Belatera* so viel wie schlecht und ungut bedeutet. Was meinst du damit eigentlich? Hast du ein Problem?"

Jonas stockt und ist überrascht, und dann antwortet er leichthin: "Ach, das mit dem elend solltest du nicht so ernst nehmen, es ist nur so eine Redensart von mir, eigentlich meine ich dass alles ganz prima ist!"

Mirati ist mit dieser Erklärung zufrieden und lächelt: "Ach so, bei uns gibt es auch ein paar eigenartige Ausdrucksweisen, die eigentlich gar keine Sinn ergeben. Aber so sind wir halt, wir Menschen!"

Dann bespricht er sich mit *Aftilis* und *Karila*. Sie finden es ziemlich erfreulich, dass *Jonas* an ihrem Schicksal so interessiert ist und sind gerne bereit, den Besuchern alles zu erzählen.

11 Die Geschichte von *Belatera*

"Also, dann wollen wir mal anfangen und euch einen kurzen Abriss unserer Geschichte bieten!", beginnt *Karila*.

"Nun, wie bei wohl allen intelligenten Lebewesen, haben wir *Belateraner* uns auch sehr langsam aus einfachsten Molekülstrukturen zu höheren Lebensformen entwickelt. Das hat viele Millionen Jahre gedauert.

Schließlich sind wir vor ca. 3,1 Millionen Jahren in ein technologisches Zeitalter eingetreten, in dem die Entwicklung rasant verlaufen ist. Wissenschaft, Technik und Erkenntnisse der Naturgesetze haben einen enormen Aufschwung genommen.

Vorher hat unsere Rasse die üblichen Stadien von intelligenten Wesen durchlaufen, also es begann mit den primitiven Steinzeitmenschen, die in Höhlen hausten und sich der wilden Tiere erwehren mussten. Dann kam die Verwendung von Holz, Ton, Tierknochen und der Metalle zur Herstellung von Werkzeugen, Waffen und Gerätschaften. Die Menschen lernten Häuser und Boote zu bauen. Sie konnten Tiere erlegen und Fische fangen. Vom einfachen Jäger- und Sammlervolk ging die Entwicklung über ein sesshaftes Bauernvolk hin zu dem Aufkommen von einfachen Maschinen, Entdeckungen und Erfindungen. Die Fortschritte in Medizin, Technik und anderer Wissenschaften waren gewaltig, aber natürlich auch begleitet von Kriegen, ungehemmtem wirtschaftlichem Gewinnstreben, Seuchen und einem unaufhaltsamen Bevölkerungswachstum."

"Das hört sich wie die Geschichte der *Erde* an, eins zu eins identisch!", wirft *Lisa* ein.

Mirati fährt fort: "Ja, es hat viele bewegte Zeiten in unserer Geschichte gegeben, grausame Kriege, Eroberungen, Gründungen von Königreichen, Entdeckung neuer Länder, Naturkatastrophen, aber auch Seuchen, die halbe Völker ausgelöscht haben.

Mit dem zunehmenden Wissen über unsere Welt wurden dann auch gewaltige technische Fortschritte gemacht. So haben wir die Elektrizität und die Atomenergie entdeckt, die Medizin zur Vollendung entwickelt, interstellare Raumfahrt betrieben, die Roboter und Androiden mit ihrer künstlichen Intelligenz erfunden und die Massenproduktion von vielerlei technischen Geräten entwickelt, die uns das Leben erleichtert haben.

Ich denke nur an die Gentechnik, die wir perfekt beherrschen, so dass es uns in Verbindung mit einer modernen Medizin möglich geworden ist, sämtliche unerwünschte und schlechte Anlagen aus unseren Genen zu entfernen oder zu reparieren. Dadurch sind alle Menschen hier perfekt gesund und können ohne Gebrechen oder Krankheiten ihr langes Leben auskosten. Natürlich ist auch hierbei manches falsch gemacht worden, ich denke nur an die Kreuzung von

Menschen mit Tieren vor etwa 500 000 Jahren, ein totaler Irrweg. Oder an die Versuche, das Leben zu verlängern über unsere natürliche Spanne von 4000 irdischen Jahren hinaus. Es hat uns nicht glücklich gemacht, glücklicherweise sind diese Entwicklungen beendet worden.

Aber auch die Menschheit auf der *Erde* hat davon profitiert: Als wir euch vor etwa 3 Millionen Jahren auf der *Erde* besucht haben, haben wir in euren Urahnen defekte und schädliche Gene repariert und so ermöglicht, dass ihr euch zu einer intelligenten Rasse entwickeln konntet.

Eine weitere positive Entwicklung war freilich die Erschaffung von Androiden, künstlichen Menschen mit Bewusstsein, Gefühl, Verantwortung und überragenden Fähigkeiten. Wir haben diese Entwicklung sehr verantwortlich begangen, indem wir diese neuen Wesen in den Entwicklungsprozess einbezogen haben. Sie durften entscheiden, welche Fähigkeiten und welches geistige Bewusstsein sie und ihre folgenden Individuen haben sollen."

Jetzt ist wieder *Karila* an der Reihe: "Unser Planet hat früher, also vor vielen Millionen Jahren ein angenehmes Leben für eine Vielzahl an Lebensformen, Pflanzen, Tieren und Menschen ermöglicht. Es hat ausreichend Wasser, Flüsse und Seen, sogar einen kleinen Ozean gegeben. Grüne, fruchtbare Ebenen haben sich mit mittelhohen Gebirgen abgewechselt. All das hat genügend Nahrung für eine kleine, aber stetig wachsende Zahl an Menschen geboten.

Durch die rasante Vermehrung und dem damals noch langsamen Anstieg der Temperaturen ist es zu Problemen bei der Versorgung mit Lebensmitteln gekommen. Kriege um fruchtbares Land und sauberes Wasser sind entbrannt. Es hat einige große Hungersnöte gegeben, denen viele zum Opfer gefallen sind.

Bald musste die Lebensgrundlage durch vermehrte industrielle Landwirtschaft und durch eine Massenproduktion einer Vielzahl von Gütern gesichert werden. Dass dies nicht nur nützlich war, wurde uns erst nach und nach klar. Denn den Preis dieses billigen Überangebotes an Lebensmitteln, Waren und Dienstleistungen hat unsere Natur bezahlen müssen. Langsam und unumkehrbar haben wir die natürlichen Lebensräume unseres Planeten soweit zerstört, dass Pflanzen und Tiere nahezu ausgestorben sind. Wir haben immer mehr Nahrungsmittel künstlich herstellen müssen.

Dazu ist schließlich die Erkenntnis gekommen, dass unsere Sonne *Stalata* uns über kurz oder lang vernichten würde. Wir waren gezwungen, interstellare Raumfahrt zu betreiben, um einen lebensfreundlichen Planeten zu finden, auf den unsere gesamte Bevölkerung auswandern könnte. Wir ihr wisst, ist dieses Bemühen, das wir viele Jahrtausende verfolgt haben, fehlgeschlagen. Aber immerhin vor etwa 3 Millionen Jahren haben wir die *Erde* entdeckt mit seinen damaligen primitiven Bewohnern, euren Vorfahren, und euch durch Genverbesserung zur Entwicklung als intelligente Rasse verholfen. Das ist zumindest ein erfolgreiches Vorhaben gewesen. Und jetzt profitieren wir davon."

"Hat denn bei euch in all den Jahrtausenden eurer Entwicklung keiner darüber nachgedacht, dass vielleicht etwas falsch läuft, dass eine andere, bessere Lebensweise angebracht wäre. Und hat es keine politischen Kräfte gegeben, die in solche Richtungen geleitet hätten?", will *Lisa* wissen.

"Sicherlich, es hat immer wieder Wissenschaftler, Politiker, Philosophen und großartige Menschen gegeben, die uns vor manchen Strömungen gewarnt haben. Wir sind jedoch schon seit Urzeiten eine einzige Rasse, die freilich in der Vergangenheit oft in feindliche politische Systeme zerstritten gewesen ist. In so einer ziemlich gleichförmigen Menschheit herrscht nach so langer Zeit nur wenig politische Vielfalt, da haben sich solche Kräfte nicht durchgesetzt. Und du darfst nicht vergessen: Unser Hauptaugenmerk ist seit ewigen Zeiten darauf gerichtet gewesen, der Vernichtung zu entgehen. Damit sind alle anderen gesellschaftlichen oder technischen Fragen mehr oder weniger zweitrangig geworden. Keine politische Strömung hat sich den Luxus erlauben können, Entwicklungen, die als notwendig erachtet wurden, in Frage zu stellen. Wir sind einfach vor einer riesigen Aufgabe gestanden und haben der alles andere untergeordnet, unterordnen müssen."

"Na, das verstehe ich, aber es hat doch in eurer Vergangenheit sicherlich auch Könige, unterschiedliche Reiche, Kriege und Konflikte gegeben?", fragt sich *Jonas*.

"Ja, klar, zuhauf hat es Kriege zwischen verfeindeten Mächten gegeben, aber das hat schon vor mehr als 3 Millionen Jahren geendet. Als die sich anbahnende Katastrophe durch unsere Sonne sichtbar und klar wurde, da haben die Völker ihre Streitigkeiten beigelegt und sich in Frieden vereinigt, um die gemeinsame, große Aufgabe der Rettung anzupacken. Jedes Land für sich wäre dazu nicht in der Lage gewesen. So kommt es, dass wir schon eine Ewigkeit in Frieden untereinander leben. Und dass wir versuchen, jegliche Form von Ausbeutung, Schädigung und Ungerechtigkeit auf unserem Planeten gegen Menschen, Tieren und Umwelt zu vermeiden."

Und *Aftilis* ergänzt: "Unsere Archive sind voll mit Zeugnissen dieser Vergangenheit, und vielleicht können ja die Menschen der *Erde* diese Zeugnisse früherer Zeitalter studieren und daraus lernen. Wenn wir durch euch gerettet werden, was ich inständig hoffe!"

"So seid ihr also letztlich durch die drohende Vernichtung eurer Welt zu einem vernünftigen, einheitlichen und friedlichen Miteinander gezwungen worden, in dem ihr versucht habt, mit eurer Umwelt in Einklang zu leben?", fragt *Lisa* vorsichtig.

"Ja, ich glaube, dass wir ohne diese gewaltige, existenzielle Bedrohung kein so nachhaltiges Leben geführt hätten."

Langes Schweigen folgt auf diesen eindrucksvollen Bericht. Jeder hängt seinen Gedanken nach und versucht das Geschehen der Vergangenheit in *Belatera* zu begreifen.

12 Ausflug zur Raumstation

Nachdem die Drei sich so durch die Erzählungen von *Mirati*, *Karila* und *Aftilis* ein recht eindringliches Bild von der Entwicklung und der Vergangenheit auf *Belatera* gemacht haben, informieren diese sie über ihre Ergebnisse und fassen einen Plan: Sie wollen keine Zeit verlieren und bald möglichst zur Bodenstation fahren und von dort wenn möglich hinauf zu den Raumschiffen. Sie müssen sich unbedingt selbst ein Bild von den tatsächlichen Gegebenheiten machen.

Schon nach wenigen Stunden brechen sie auf. Zu ihrer Sicherheit hat sich jeder einen Schutzanzug angezogen. Im Hangar nehmen sie eines der umgebauten und gegen Hitze und Strahlung gesicherten Fahrzeuge in Betrieb und fahren los. Als sich die Tore des Hangars öffnen, blinzeln sie in die grelle Sonne. Wie ein Feuerball gleißt die Sonne *Stalata* vom orangefarbenen Himmel. Die Augen schmerzen und ihre ungeschützte Haut an den Wangen fängt an zu spannen. So heiß brennt die Sonne auf den Planeten!

"Oh, Gott, das ist ja unerträglich, ganz elend schlimm!", entfährt es *Jonas* in *Mirati*s Geist. Voller Staunen erleben die drei Gäste die seltsame und fremdartige Szenerie.

Und *Lisa* erstaunt: "Ich hätte nicht gedacht, dass dieses orangefarbene Licht so intensiv ist und so beeindruckend! Aber auf die Dauer würde es mich wahrscheinlich etwas stören. Wie ihr das nur aushaltet!"

"Ach, das ist unsere Heimat, wir sind daran angepasst, so ist es ganz natürlich für uns. Habt ihr denn
eine andere Himmelsfarbe?", will *Aftilis* von *Lisa*
wissen.

"Ja, unser Himmel ist bei klarem Wetter von einem
hellen, leuchtenden Blau, das wir als Inbegriff des
Schönen und Heimeligen empfinden. Freilich, wenn
Wolken oder Nebel oder Regen den Himmel bede-
cken, kann es auch mehr oder weniger grau sein.
Das gefällt uns meist gar nicht so gut. Aber so ist
wenigstens für Abwechslung gesorgt und die Natur
unseres Planeten *Erde* braucht es schon, wenn nicht
immer die Sonne vom Himmel brennt und wenn es
ausreichend regnet."

"Ach, was du von eurem Planeten *Erde* beschreibst,
das kennen wir nur noch aus den alten Erzählungen.
Regen, Wolken, Nebel, so alte Worte, das ist längst
Vergangenheit auf *Belatera*, hier ist es nur noch wüst
und sehr, sehr heiß! Wie gerne hätte ich all dieses
abwechslungsreiche, wunderbare, lebendige Wetter
von euch auf der *Erde*! Vielleicht wird es ja auch für
uns Wirklichkeit!"

"Puh, wenn euer Himmel blau ist, dann wäre das für
uns ziemlich ungewöhnlich, vorausgesetzt wir könnten zu euch auswandern. Ich glaube, dann würden
sich viele *Belateraner* orangene Kontaktlinsen in die
Augen einsetzen, denn Blau ist bei uns eine Farbe

mit bedrohlicher Bedeutung. Blau sind die giftigen *Warana*, also gefährliche Pflanzen in manchen Gegenden der Wüste und wir haben auch eine Redensart: Wenn du nur noch *Warana* siehst, dann sei auf der Hut!"

Schnell setzen sie ihre Helme mit Sonnenbrillen auf und geben den autonomen Autopiloten das Ziel an: Zur Bodenstation *Moreia*. Die Automaten berechnen den Kurs und fahren los: Richtung 117 Grad und Entfernung 116 km.

Das Gelände, das sie durchfahren müssen, ist meist eben, wüstenartig und relativ ungefährlich. Sie befinden sich in einer Steinwüste mit gelegentlich mehreren hundert Metern hohen Felsformationen. Dazwischen breiten sich eingelagerte Sandflächen und Dünen aus, die von den vorsichtigen Autopiloten umfahren werden. Schnell steigt die Temperatur in ihrem klimatisierten Fahrzeug auf gerade noch erträgliche 35 Grad an. Heiß, sehr warm für die drei jungen Menschen, die nur eine angenehm temperierte Umgebung ihrer Höhlenwohnung gewohnt sind. Gebannt blicken sie durch die kleinen Bullaugen ihres Fahrzeugs hinaus in die öde, menschenleere und leblose Landschaft. Gelegentlich fahren sie nahe an Resten ihrer Zivilisation vorbei, Ruinen, vom Sand verwehte Straßen, verbogene und geborstene Metallteile.

"Sind das Reste eurer Städte, was wir da an zerstörten Gebäuden sehen?", will *Lisa* wissen.

"Ja, ich glaube hier war einmal die Stadt *Wiri-Zaka*, es müsste von der Entfernung hinkommen. Hier haben einmal mehrere Hunderttausend Menschen gelebt, aber das ist schon einige tausend Jahre her. Seht ihr dort in etwa zwei Kilometer Entfernung die riesigen Türme? Das sind die Überreste einer gewaltigen Wohnanlage, in denen die Bevölkerung gelebt hat. Wir haben schon damals lieber auf engem Raum in die Höhe gebaut, das finden wir besser als die Landschaft zu zersiedeln, ökonomisch und ökologisch besser.", gibt *Aftilis* Bescheid.

Nach etwa zwei Stunden meldet der Autopilot: "Das Ziel wird in fünf Minuten erreicht, noch 1 km."

Jetzt steigt die Spannung und sie blicken gespannt nach vorne in Fahrtrichtung.

Mirati meldet sich als erster: "Ich glaube, ich kann schon was am Horizont sehen, was nicht nach einer natürlichen Landschaftsformation aussieht. Das könnte unser Ziel sein. Was meint ihr?"

Da, tatsächlich jetzt tauchen am Horizont große Gebäude auf, die sich beim Näherkommen als zur Bodenstation *Moreia* gehörend erweisen. Riesige Antennen stehen neben den Gebäuden und gewaltig reckt sich die Anlage des Weltraumfahrstuhls einige zehn Meter gen Himmel. Oben bedeckt eine Fläche von Solarmodulen die Kabine und aus dem oberen Rand dieser Anlage ragt ein dickes Seil in den Himmel. Dort entschwindet es bald dem Blick und verliert sich im Dunst des orangenen Firmaments.

Der Autopilot nimmt Kontakt auf. Und tatsächlich, in einer der großen Mauern ist ein Tor eingelassen, auf das sie nun zusteuern.

13 Der Weltraumlift

Das Tor öffnet sich nun automatisch und sie können durch die sich bildende große Öffnung ins Innere des Gebäudes fahren.

Die drei steigen aus und blicken sich um. Da vorne geht es zum Kontrollraum. Wie von Geisterhand schwingt die Tür auf als sie sich nähern. Ja, hier sind sie richtig.

Ein Android erhebt sich von seinem Arbeitsplatz und begrüßt sie: "Ah, die Abordnung von Tunnel C-31. Mein Name ist *Worat*. Es ist alles bereit, ihr könnt zufrieden sein, die Anlage ist 100 % in Ordnung. Die Funkstation ist ebenfalls betriebsbereit. Wir können sofort den Kontakt zur Raumstation herstellen. Wir haben gestern auch die Funktion der Fahrstühle überprüft. Sie sind vollkommen in Ordnung."

Mirati nickt: "Sei gegrüßt, *Worat*, wir wollen uns gleich an die Überprüfung machen. Kannst du uns zur Funkstation führen?"

Zusammen gehen sie in den nächsten Raum, der einige schwach beleuchtete Kontrollpulte und Anzeigen enthält.

Worat stellt den Kontakt mit der Raumstation her. Sogleich erscheint die Figur eines weiteren Androiden als Hologramm im Raum.

"Oh, es ist schon so lange her, dass ich mich mit

Menschen unterhalten habe. Es freut mich, euch zu sehen. Ich bin der Kommandant der Raumstation *RZ17*, mein Name ist *Zikar-Edon*. Zusammen mit den anderen Androiden in der Station sorge ich dafür, dass die Raumstation weiter existiert. Das ist der Auftrag, den uns vor 151000 Jahren der ehrenwerte Senator *Zanti* erteilt hat und der vor 3778 Jahren von der Gemeinschaft der vereinigten Tunnelstädte bekräftigt und wiederholt wurde.

Ich sehe, ihr seid junge, interessierte Menschen, die sich informieren wollen. Nun, bei mir ist es sehr einsam, aber die Technik der Raumstation ist völlig intakt. Wir haben in den vergangenen Jahrtausenden einwandfreie Arbeit geleistet und die Anlage gewartet und soweit erforderlich auch repariert. Das ist aber nur sehr selten der Fall gewesen, soweit ich mich erinnere, wartet, es sind genau nur vier kleine Maschinenteile ausgewechselt worden. Allerdings hatten wir vor 531 Jahren einen gravierenden Meteoritensturm, der auch bei uns einige Schäden angerichtet hat. Ihr wisst sicherlich, dass damals durch einen großen Meteoriten eines der Raumschiffe in der Umlaufbahn zerstört wurde.

Insgesamt sind damals 72 Lecks in der Station entstanden, das größte war mehrere Quadratmeter groß, die kleinsten im Nanobereich. Zum Glück waren keine Menschen an Bord, denn wir hatten für mehrere Stunden durch Druckverlust ein Vakuum in der Station. Uns Androiden macht das nichts aus, aber ..."

Mirati unterbricht den etwas ins Plaudern geratenen Android und bemerkt: "Sehr schön, das sind also die Nachrichten von der Raumstation. Wir möchten dir gerne einen Besuch abstatten. Denn wir haben einen wichtigen Plan auszuführen. Können wir gleich zu dir hinauffahren?"

"Aber womit wollt ihr denn hinauffahren, ich sehe keine Rakete oder sonst ein Fahrzeug, mit dem man zu einer Raumstation kommen könnte, wenn ich das richtig verstanden habe, erklärt es mir doch!", wundert sich *Jonas*.

"Ach so, ich dachte, du hast beim Herfahren den großen Weltraumlift gesehen. Damit kommen wir ganz bequem hoch zur Raumstation.", erläutert *Mirati*.

Zikar-Edon ist etwas überrascht, dass er so plötzlich Besuch bekommen soll. Aber dann hellt sich seine Mine auf und erfreut sagt er: "Ja, gerne, kommt, ich freue mich, euch hier auf der Station zu sehen. Bis bald!"

Damit verschwindet das Hologramm des Kommandanten der Raumstation und *Aftilis* meint trocken: "Hoffentlich stören wir diese Androiden in der Raumstation nicht in ihrer Routine und Einsamkeit. Aber wir müssen uns selbst ein Bild von den Verhältnissen dort machen, um die richtigen Entscheidungen treffen zu können. Also los!"

"Ihr habt hier ganz tolle Erfindungen gemacht, und jetzt erlebe ich das mit, es ist fast unglaublich!", staunt *Lisa*.

Sie marschieren voller Tatendrang - *Worat* voran - zum Fahrstuhl.

Auf dem Weg dahin doziert *Worat*: "Der Weltraumfahrstuhl verbindet diese Station hier am Boden mit der Raumstation *RZ17* über uns in etwa 72000 km Höhe. Da mit zunehmender Höhe die Schwerkraft abnimmt und die Fliehkraft nach oben hin zunimmt, sind die für den Transport der Kabine notwendigen Kräfte recht gering. Die Energie stammt aus einer sehr großen Anzahl von Solarmodulen, die über der Kabine angebracht sind und sich als große Fläche bei Betrieb entfalten.

Ein ultrafestes Seil aus Graphen[9] dient als Führungsschiene für den Lift. Das Seil, das du gesehen hast, wird nach oben stetig dicker, da es ja nach oben hin einen immer größer werdenden Anteil an seinem Gewicht tragen muss. Es reicht nicht nur bis zur Raumstation, sondern darüber hinaus etwa noch 100000 km in den Weltraum. Durch die Fliehkräfte aus dieser zusätzlichen Länge wird das Seil von dieser Bodenstation bis zur Raumstation straff gespannt. Es ist ein hocheffizientes Transportmittel, viel besser, weil ungefährlicher, einfacher und kostengünstiger als der Transport mit Raketen. Ach ja, ich will noch schnell

---

9   Graphen - ein Kohlenstoffmolekül mit einer extrem großen Zugfestigkeit, sie ist 125-mal so hoch wie die von Stahl

einige Lebensmittel und Getränke zur Verpflegung holen, wartet doch kurz hier vor dem Lift. Hier sind wir übrigens."

Worat eilt in den Lagerraum nach nebenan. *Mirati* wendet ein: "Wozu brauchen wir denn jetzt Verpflegung, das ist doch wirklich eine etwas übertriebene Fürsorge des Androiden!"

Nach wenigen Minuten kehrt *Worat* zurück, eine Tasche in der Hand. "So, damit ihr auf dem Weg nach oben nicht verhungert!"

Die Drei blicken sich erstaunt an, ratlos, dann zucken sie mit den Schultern und *Aftilis* wirft leichthin ein: "Wenn du meinst, ich brauche sicher nichts, habe in der Stadt ganz ausreichend gefrühstückt."

Wortlos wendet sich *Worat* zum Fahrstuhl hin. Auf sein Kommando öffnen sich die Türen der Liftkabine. Diese hat etwa die Größe eines mittleren Zimmers. Sie treten ein und schließen die Tür.

Worat fährt fort: "Die Fahrt nach oben dauert leider etwa 18 Stunden, es bestehen aber keine besonderen Schwierigkeiten. Unsere Geschwindigkeit wird maximal circa 4000 km/h betragen. Schneller kann der Lift nicht fahren, er würde sonst instabil werden zusammen mit seinem Führungsseil. Aber es wäre besser, wenn ihr euch auf den Sitzgelegenheiten an den Wänden anschnallt. Wer müde wird, der kann sich auch in die Stockbett-Liegen dort in der Ecke legen und ruhen oder versuchen zu schlafen."

Entgeistert blicken sich die Drei an und *Mirati* bringt die allgemeine Erkenntnis zum Ausdruck: "Ja, wenn das so ist, dann verstehe ich, warum du Verpflegung gebunkert hast."

Worat lächelt nur hintergründig und drückt einige Knöpfe an dem kleinen Schaltpult und schon setzt sich der Lift in Bewegung. Schnell gewinnt er an Geschwindigkeit und Höhe, ablesbar am Bildschirm des Schaltpults. Aber da die Beschleunigung nur sehr mäßig ist, merken die Insassen wenig von den Kräften, die auf den Lift wirken. Auch die bald sehr hohe Geschwindigkeit ist nicht spürbar, zumal ja der Lift keine Fenster besitzt. Lediglich am Anfang, bis der Lift sich aus den unteren Atmosphärenschichten befreit hat, ist ein Zischen und Pfeifen durch seine Reibung an der Luft zu hören. Bald, ab einer Höhe von etwa 10 km, sind die Geräusche der Luftreibung verstummt, nur ein leises gleichförmiges Summen vom elektrischen Antrieb ist zu vernehmen.

Jetzt heißt es zu warten. Die Zeit dehnt sich in die Länge – und alle sind froh, nach etwa 8 Stunden eine Erfrischung und etwas zum Essen zu bekommen. Endlich, nach fast 18 Stunden, macht eine Leuchtanzeige auf das Ende der Fahrt aufmerksam. Sanft kommt der Lift zur Ruhe, die Türe öffnet sich. Die drei erheben sich von ihren Liegen, dehnen und strecken sich, das hat doch lange gedauert. Neugierig blicken sie in das Innere der Raumstation, wo der Kommandant gerade herbeieilt, um sie zu begrüßen.

14 Auf der Raumstation

"Willkommen auf *RZ17*, als Kommandant freue ich mich, euch persönlich hier zu haben. Mein Name ist *Zikar-Edon*. Hattet ihr eine gute Fahrt?"

"Na ja, es war ziemlich eintönig, aber sonst schon ganz in Ordnung.", murmelt *Mirati*.

"Elend langweilig!", stößt *Jonas* hervor.

Und *Karila*: "Wir wollen ja eigentlich die Raumschiffe inspizieren, denn die werden dringend benötigt."

Nun ist Kommandant *Zikar-Edon* aber doch erstaunt: "Ach, und ich dachte ihr seid an der Raumstation interessiert, weil ihr einmal mit eigenen Augen den Betrieb hier sehen und die spektakuläre Aussicht auf *Belatera* genießen wollt. Aber sagt mir doch, was ihr vorhabt!"

Mirati überlegt kurz, dann weiht er *Zikar-Edon* in die Pläne zur Auswanderung der Bewohner ein. Er erzählt von der Kontaktaufnahme durch *Sisa* und von den Rettungsplänen für die restliche Bevölkerung.

"Ja, so ist der Stand. Halt, etwas Wichtiges gibt es noch. Die drei Kinder *Sisa*, *Lisa*, und *Jonas* sind direkt in uns zugegen, sie haben sich mit der Technik des *Kirikata* in unseren Geist transferiert und hören und fühlen alles mit, was wir gerade tun und sagen. Du kannst sie begrüßen, *Zikar-Edon*."

Erstaunt blickt *Zikar-Edon* auf und von Einem zum Anderen.

"Also, das ist doch eine Riesenüberraschung, aber ich ergreife gerne die Gelegenheit, die Besucher von der *Erde* zu begrüßen. Na dann, herzlich Willkommen auf der Raumstation, ihr Erdlinge. Klärt mich bitte auf, wer jetzt bei wem zu Gast ist!"

Karila antwortet: "Also bei mir ist *Sisa* anwesend, die vor 3 Millionen Jahren von *Belatera* zur *Erde* geflogen ist. Bei *Mirati* ist *Jonas* und bei *Aftilis* seine Schwester *Lisa*. Sie sind alle in unserem Alter und ganz nett!"

"Ah, *Sisa*, du bist von hier, deshalb mein ganz persönlicher Gruß an dich: Akane sow geekire."

Überrascht antwortet *Sisa* durch *Karila*: "Akane tow melkire!"

Karila fährt fort: "Und dieser großartige Plan, also die Rettung für unsere ganze Rasse, wir sind alle so voller neuer Zuversicht. Aber dazu müssen wir uns davon überzeugen, in welchem Zustand die Raumschiffe sind, mit denen unsere Leute auswandern wollen. Kannst du uns dabei helfen?"

Zikar-Edon lächelt und sofort kommt seine Antwort: "Ihr habt tatsächlich Glück, es gibt drei Raumschiffe, *KATSI1*, *KATSI2* und *KATSI3*. Die drei Raumschiffe parken unweit von unserer Raumstation in ihrer Umlaufbahn und sind total in Ordnung. Ich selbst habe sie vor zwei Jahren bei einer der turnusmäßigen Hauptuntersuchungen inspiziert und festgestellt, dass alle Systeme fehlerfrei arbeiten. Zudem überwachen wir ständig die von den Raumschiffen ausgesendeten Daten und registrieren sie. Diese Daten zeigen, dass sich am hervorragenden Zustand der Raumschiffe nichts verändert hat. Aber selbstverständlich können wir ihnen einen Besuch abstatten. Dazu verwenden wir ein kleineres Transferraumschiff, das bei uns im Hangar 3 eingestellt ist. Es fasst etwa 100 Menschen und ist einsatzbereit."

"Oh, fein, großartig, jetzt erlebe ich auch noch einen Raumflug, wer hätte das gedacht!", begeistert sich *Jonas* und *Mirati* antwortet: "Wunderbar, das wollte ich hören. Dann wollen wir doch keine Zeit verlieren und uns dorthin begeben."

"Ja, kommt mit, hier geht es entlang, Hangar 3 ist nur wenige Schritte entfernt in Sektor D."

Zusammen begeben sie sich in die Halle, wo das Transferraumschiff parkt, angedockt an eine Luftschleuse. Da es ja nur im luftleeren Raum operieren muss, sieht es ganz einfach wie eine längliche Kiste aus, an der einige kleine Raketentriebwerke angebracht sind. Eine Reihe von kleinen Fenstern befinden sich an der Längsseite. Gleich nach dem Einsteigen in die Luftschleuse testet Kapitän *Zikar-Edon* die Ankopplung an das Transferboot. Zuerst die Luftdichtigkeit, dann den Koppelmechanismus und schließlich die Funktion der Antriebs- und Steuerdüsen. Alles ist in bester Ordnung. Nun gibt er den Befehl: "Öffne Schleuse zum Transferboot T2."

Nach kurzem Zischen der Luft infolge des Druckausgleichs von Schleuse und Transferboot schwingt die Luke zum Raumschiff auf. Sie gehen ins Boot und hinter ihnen schließt sich die Außenwand des Transferbootes. Sie befinden sich nun in der Luftschleuse des Transferbootes und einige Leuchtanzeigen signalisieren, dass auf dem kleinen Raumschiff alles in Ordnung ist. Sie öffnen die Druckschleuse zum Raumschiff und treten ein. Durch einen kurzen Gang erreichen sie den Passagierraum für etwa Hundert Menschen und von dort das Cockpit. Nachdem sie auf den bequemen Sesseln Platz genommen haben und sich angeschnallt haben, befiehlt *Zikar-Edon*: "Transfer zum Raumschiff *KATSI1*. Start sofort."

Jetzt läuft alles vollautomatisch ab. Die Türen zur Luftschleuse schließen sich und die Triebwerke des Raumschiffs starten kurz. Sanft stößt sich das Transferraumschiff ab.

Aftilis blickt aus den Fenstern und weist auf die unten sichtbare Planetenoberfläche: "Schau, *Lisa*, dort hat mein Volk Millionen von Jahren friedlich und glücklich gelebt. Aber jetzt wird das bald ein Ende haben. Und doch, wie erhaben der Anblick unseres Planeten *Belatera*, so groß, und wir so klein!"

"Mein Gott, wie wunderbar ist das! Diese Schwärze des Raums, diese Unmenge an Sternen! Alles so klar und scheinbar zum Greifen nah." *Lisa* ist so begeistert über den Reigen an Sternen, der an den Fenstern der Fähre vorbeizieht.

Mirati, der sich offenbar auf die kurze Passage mit dem Raumschiff extra vorbereitet hat, holt einen kleinen Ball aus seiner Hosentasche und lässt ihn los. "Schaut doch nur, er schwebt. Und wenn wir nicht festgeschnallt wären, könnten wir jetzt auch durch die Kabine fliegen."

Er blickt *Zikar-Edon* fragend an. Doch der schüttelt den Kopf und sagt bestimmt: "Auf keinen Fall, ihr müsst auf eurem Sitz angeschnallt bleiben, ich will nichts riskieren. Ungeübte würden sich in der Schwerelosigkeit leicht irgendwo anstoßen und verletzen. Denn wir sind zwar schwerelos, aber nicht masselos. Und die Trägheit der Masse, also unseres Körpers, verlangt erhebliche Kräfte zum Abbremsen, wenn wir irgendwo dagegen stoßen."

Langsam treiben sie antriebslos auf die im Pulk unweit der Raumstation fliegenden Raumschiffe zu. Mit einigen kurzen Schüben aus den Steuerdüsen wird der Kurs korrigiert und abgebremst und nach wenigen Minuten sind sie an dem mächtigen Raumschiff *KATSI1* angekommen.

Dieses ist von seltsamer Gestalt: Die Grundform ist ein riesiges Ellipsoid, also Eiform. Doch an der Spitze ist ein großer Trichter angebracht, der als Einlauftrichter für die im Schiffsinneren angebrachten Ionentriebwerke dient. So kann die im interstellaren Raum vorhandene Materie als Masse durch das Triebwerk ausgestoßen werden. Dieses befindet sich am Heck des Schiffs und endet in schlanken Düsen.

An den Seiten des Schiffs sind Ausbuchtungen erkennbar, in denen Solarsegel, Steuerdüsen und andere Hilfsaggregate untergebracht sind.

Insgesamt sind die beiden im Abstand von einem Kilometer nebeneinander geparkten Raumschiffe *KATSI1* und *KATSI2* wohl an die 200 Meter lang und fast 50 Meter dick. Gewaltig! In etwas größerer Entfernung ist ein kleineres Raumschiff von ähnlicher Gestalt zu erkennen, das ist wohl das Schiff *KATSI3*.

Sie manövrieren sich an die Einstiegsluke des Raumschiffs, wo sie an der Luftschleuse andocken. *Zikar-Edon* lässt die Schleuse sich öffnen und sie betreten das Innere.

"Beginnen wir doch im Steuerraum, dort warten die beiden Androiden auf uns, die auf diesem Schiff zur Zeit arbeiten."

Im Kontrollraum werden sie von Kommandant *Eternik* und dem Androiden *Bilas* begrüßt, die sie schon erwartet haben.

"Endlich sehen wir einen Silberstreif am Horizont. Wir hoffen sehr, dass uns allen zusammen die Rettung von *Belatera* gelingt. Kommt mit, wir zeigen euch die Einrichtung."

Gemeinsam besichtigen sie nun die Tiefschlafeinrichtungen, wo in zwei großen Hallen eng an eng Tausende von Kojen über und nebeneinander angebracht sind.

"Hier haben 20000 Menschen Platz für einen langen Raumflug im Tiefschlaf.", erklärt *Eternik* nicht ohne Genugtuung in der Stimme.

Jonas findet das wunderbar: "Stark, hier also schlafen Unmengen von Leuten mehrere Tausend Jahre, unvorstellbar, eure tolle fortschrittliche Technik. Das ist einfach so elend irre, ich muss mich an den Kopf fassen, um das zu begreifen. Aber das geht ja jetzt gar nicht, oder *Mirati*?"

"Nein, das geht wohl nicht, glaube es einfach so, dass unser Volk dazu in der Lage ist, weil wir eben so Vieles schon erfunden haben. Und jetzt kommt uns das wahrscheinlich zu Gute, weil es uns vor dem Untergang retten könnte."

Weiter gehen sie in den Lagerraum. Wie nun *Mirati* ausführt, werden darin zum einen das kleine persönliche Gepäck der Passagiere und zum anderen die wertvollen Kulturgüter und einige Dutzend Tonnen von seltenen Bodenschätzen wie Edelsteine, Gold, Platin verstaut werden, die die Auswanderer mitnehmen können.

Als *Mirati* das erläutert, begeistert sich *Lisa*: "Dann seid ihr also sehr reich, wenn ihr Schätze wie Gold und Edelsteine mitnehmen könnt. Gibt es die denn auf *Belatera* so reichlich?"

Aftilis antwortet: "Oh, ja, unser Planet hat sehr große Mengen davon im Inneren oder sogar nahe an der Oberfläche. Und in der Vergangenheit ist auch sehr viel davon abgebaut worden. Diese Bodenschätze sind bei uns allerdings nicht so wertvoll wie bei euch, eben weil sie so häufig vorkommen. Und früher wurden sie auch hauptsächlich industriell verwendet. Gold als elektrischer Leiter und Diamanten für harte Schneidewerkzeuge. Klar auch für Schmuck. Ich habe auch einige Ketten und Schmuckstücke von den Elten geschenkt bekommen, trage sie aber nur selten."

Eternik hat diese Erklärungen recht amüsiert angehört, und mit einem "Ja, schön, damit sind wir eigentlich auch am Ende der Besichtigung, denn die Maschinenräume wollt ihr sicherlich nicht sehen. Aber seid versichert, dass alle Anlagen dort ebenfalls einwandfrei arbeiten. Wir könnten praktisch sofort starten."

Nun inspizieren sie auch noch den Kommandoraum des Schiffs. Er ist im wesentlichen mit einigen Bildschirmen ausgestattet, die zum Teil in Dauermodus, zum Teil auf Abruf die zahlreichen Daten anzeigen, die beim Betrieb des Raumschiffs anfallen.

Eternik erklärt die unterschiedlichen Messwerte: "Da sind zum einen die Energiewerte des Raumschiffs, also Ionenfluss, Intensität und Ausbeute der stellaren Strahlung und der Gravitations-Auswirkungen. Zum Anderen natürlich die zur Ortsbestimmung und Navigation notwendigen Größen, wie zum Beispiel unsere Ortskoordinaten in Maßen von *Belatera* und in galaktischen Koordinaten. Natürlich die Geschwindigkeit nach Größe und Richtung. Genaue Zeitangaben der Atomuhren dürfen nicht fehlen. Wichtig auch die Daten zur Steuerung der Triebwerke und der Lage des Raumschiffs. Und zu guter Letzt auch die vielen Überwachungsinstrumente, die den Zustand von Menschen im Tiefschlaf registrieren und kontrollieren."

Die drei sind sehr zufrieden und fragen nach: "Sind die beiden anderen Raumschiffe, *KATSI2* und *KATSI3* auch in Ordnung?"

"Natürlich, der Aufbau ist identisch und alles bestens in Ordnung!", lässt sich *Zikar-Edon* mit zufriedener und ein wenig stolzer Stimme vernehmen.

15 Zurück auf *Belatera*

Etwas erschöpft von den vielen Eindrücken ihrer Besichtigungstour zur Bodenstation, zum Weltraumlift und dann auch noch bei den Raumschiffen in der Umlaufbahn, aber hoch zufrieden, kommen *Mirati*, *Aftilis* und *Karila* wieder in ihrer Stadt an, nachdem sie die Reise in umgekehrter Reihenfolge, nämlich mit Raumfähre, Weltraumlift und Fahrzeugen zurückgelegt haben.

Sie haben alles gesehen, was den Transport ins All und die Unterbringung in den Raumschiffen anbelangt. Es sind drei intakte und voll funktionierende Raumschiffe vorhanden, die nötige Infrastruktur ist ebenfalls funktionstüchtig. Das sollte also klappen.

Die andere Frage ist natürlich, ob so eine lange Reise über einige hundert Lichtjahre und über viele Jahrtausende unbeschadet überstanden wird. Aber die drei wissen, dass diese letzte Unwägbarkeit der Preis dafür ist, eine bessere Zukunft zu haben. Andrerseits ist diese Art im Tiefschlaf durch den Weltraum zu reisen seit Jahrmillionen von den *Belatera*nern erprobt worden. Generationen von Forschern und kühnen Raumfahrer haben es gemacht. Auswanderer haben es gewagt und sind in den Tiefen des Alls verschwunden. Die Tiefschlaftechnik ist sicher, aber es kann sich ja so viel Unerwartetes, Gefährliches auf dem Weg zu den Sternen ereignen. Die *Belateraner* wissen das, zu oft haben sie erfahren müssen, dass ausgesandte Raumschiffe nicht wiedergekommen sind oder verschollen sind. Sie wurden von Asteroiden zerstört, von Schwarzen Löchern verschluckt, von Strahlung getötet, von feindlichen Zivilisationen bekämpft. Von den meisten derart verschwundenen Raumschiffen ist nie wieder etwas gehört worden, keine Nachricht, keine Botschaft, keine Wiederkehr.

All das diskutieren sie noch eine längere Zeit mit ihren irdischen Gästen in ihrem Kopf, mit *Sisa, Lisa* und *Jonas*.

Aber letztlich bleibt keine Alternative, also muss es gewagt werden!

Die drei Kinder von der *Erde* beschließen, sich vorerst von ihren Freunden *Karila, Mirati und Aftilis* zu verabschieden und kehren in ihre irdische Existenz zurück.

IV - Probleme auf Erden

1 *Wolfie* ist verschwunden

Als *Sisa*, *Lisa* und *Jonas* sich von den Datenhelmen des *Kirikata* befreien, müssen sie sich erst mal dehnen und räkeln, denn das war schon ein recht langer Ausflug. Insgesamt waren sie doch fast zwei Tage auf *Belatera* unterwegs. Müde erheben sie sich und gehen zum Aufenthaltsraum. Dort bestellen sie sich Getränke und eine Mahlzeit, denn sie sind richtig hungrig und durstig. Mit Heißhunger machen sie sich über das Essen her.

Mitten beim Essen, wobei sie in lebhaftem Gespräch ihre Erlebnisse auf *Belatera* Revue passieren lassen, stockt *Jonas*. Gewohnheitsmäßig greift seine Hand unter den Tisch, um *Wolfie* zu kraulen. Der sollte bei ihm zu seinen Füßen liegen und sich über die Zuwendung freuen, aber da ist nichts! Tastend versucht *Jonas* das warme, weiche Fell von *Wolfie* zu spüren, aber seine Hand greift ins Leere. Endlich bückt sich *Jonas* und sucht. So sehr er umherblickt, kein *Wolfie*. Jetzt wird *Jonas* Angst und Bange und er stößt hervor:

"Himmel, wo ist *Wolfie*! Der ist nicht hier. Oder hat den jemand gesehen? Ich nicht. Aber beim *Kirikata* war er doch auch nicht. Der wird sich doch nicht etwa aus dem Staub gemacht haben. Das hat er aber noch nie gemacht. Er ist eigentlich anhänglich und treu wie eine Klette und weicht uns auch nie von der Seite. Wir müssen ihn sofort suchen!"

Schnell springen sie auf und streben der Kommandozentrale zu. Mehrere Stufen auf einmal nehmend laufen sie die vielen Treppen empor. In der großen Halle der Kommandozentrale blicken sie sich suchend um, vielleicht ist *Wolfie* ja hier. Aber dort sind lediglich die Androiden an ihrer Arbeit.

"Na, ihr Forscher, habt ihr euch gut unterhalten, habt ihr Interessantes entdeckt oder herausgefunden?", fragt *Alatee* in fröhlichem Ton.

Jonas, der mit einem Blick festgestellt hat, dass sein Hund sich nicht in dem Raum aufhält, fragt mit ängstlichem Ton: "Das ist jetzt unwichtig, wir suchen nämlich den *Wolfie*. Habt ihr ihn gesehen, habt ihr irgend etwas von ihm gehört, während wir mit dem *Kirikata* unterwegs waren? Ich bin elend in Sorge um ihn."

Die Androiden blicken sich ganz bestürzt an und *Alatee* verneint: "Wir haben ihn nicht gesehen, haben aber auch alle Hände voll zu tun hier, so dass wir nicht auf ihn achten konnten. Also wir glauben, dass er nicht hier ist, sonst wäre er uns bestimmt aufgefallen. Er stromert ja sonst immer zwischen uns hin und her und fordert unsere Aufmerksamkeit. Aber hier gibt es ein Messinstrument, das zumindest im Schiffsinneren alle Lebewesen orten kann. Kommt hier herüber, wir wollen gleich mal nachsehen, ob es irgend etwas heraus findet."

Sie setzen sich vor das Anzeigegerät und lassen es arbeiten. Nacheinander scannt es alle Räume und Schiffsebenen nach Lebewesen. Außer einigen Androiden und irdischen Forschern, die sich im Schiffsinneren befinden, wird kein Tier und natürlich auch kein Hund entdeckt.

"Tut mir leid, nichts, keine Anzeichen von *Wolfie*", konstatiert *Alatee*, und versucht noch zuversichtlich drein zu schauen.

Lisa und *Sisa* nehmen *Jonas* in den Arm und wollen ihn trösten: "Vielleicht ist *Wolfie* ja unbemerkt von Bord geschlichen. Wir sind ja alle drei ziemlich lange mit dem *Kirikata* unterwegs gewesen, fast zwei Tage, und haben uns nicht um ihn gekümmert. Erinnert ihr euch, wie er unlängst auch ganz aufgeregt war, als *Lisa* endlich wieder aus dem Trance aufgewacht ist. Und nun sind wir alle drei weg gewesen und wie leblos in unseren Sesseln gelegen. Da hat er sich wahrscheinlich gedacht, dass mit uns irgend etwas passiert ist und er muss Hilfe holen."

2 Die Suche nach *Wolfie*

"Das wird es sein, aber wo will er denn draußen hin, wenn er wirklich das Schiff verlassen hat. Und so einfach kommt man doch gar nicht weg. Es gibt Türen, einen Fahrstuhl zur Wasseroberfläche, einen Landungssteg und so weiter. Wie soll er das alles gemeistert haben?" *Jonas* ist immer noch recht besorgt.

"Na ja, er ist halt ein besonders kluger Hund, der schon einige Tricks auf Lager hat. Vielleicht hat er sich einem Menschen angeschlossen, der das Schiff verlassen hat. Oder eben sich unbemerkt mit einer Gruppe Besucher heraus geschlichen."

Da kommt *Lisa* eine Idee: "Hat denn in den letzten zwei Tagen jemand das Schiff verlassen? Das lässt sich doch feststellen. Ihr führt doch sicher Listen eurer Besucher oder habt Videoaufzeichnungen. Soviel ich weiß, ist diese eure Zentrale besser gesichert als Fort Knox in den USA, wo der Goldschatz der Amerikaner gelagert und schwer bewacht wird."

Alatee bietet sich an: "Sicherlich. Es gibt Aufzeichnungen. Ich schau gleich mal nach. Es werden tatsächlich alle Besucher beim Betreten und Verlassen unserer Zentrale registriert."

Sie tritt an eines der Kontrollterminals und ruft die entsprechenden Daten ab: "Da haben wir die Übersicht. Also: Vor etwa drei Tagen ist ein Besuchergruppe hier gewesen und hat das Schiff nach 2 Stunden verlassen. Da wart ihr noch nicht hier an Bord.

In den letzten 48 Stunden sind drei Personen an Land gegangen. Ein Japaner ist vor kurzem aufgebrochen, vor 2 Stunden etwa, er war schon ein paar Mal hier gewesen. Die anderen beiden, zwei Techniker der Raumfahrtfirma *Astro-X,* haben vor genau 31:24:56 Stunden das Schiff verlassen."

An *Karimo* gewendet fragt sie: "Hast du die beiden verabschiedet?"

"Ja, wir haben noch etwa 5 Minuten am Ausgang zusammen gestanden und uns unterhalten. Ich halte es für ausgeschlossen, dass *Wolfie* mit diesen beiden die Zentrale verlassen hat."

"Nein, die kommen doch alle nicht in Betracht, denn wir sind ja nur etwa eineinhalb Stunden in Echtzeit weg gewesen, auch wenn wir uns durch den Zeitfaktor 45 Stunden auf *Belatera* aufgehalten haben."

"Und wenn wir doch länger weg gewesen sind?" *Jonas* bange Frage macht die anderen stutzig. Kann das sein?

"Wir sollten diese Möglichkeit ausschließen. Kommt, wir überprüfen das beim *Kirikata*." *Lisa* eilt voran in den Medienraum.

Das *Kirikata* von *Sisa* ist schnell eingeschaltet und bald erscheinen auf dem Schirm die Daten der letzten Sitzung.

Hier steht:

Zeit   12B438 = 965 v. Chr.

Galaktischer Ort	*Belatera*
Lebewesen	Mensch
Name	*Karila*
Geschlecht	weiblich
Alter	jünger als 20 Jahre
Umgebung	egal
Zeitfaktor	+ 1

"Das sieht doch alles ganz richtig aus, oder? Mir jedenfalls fällt nichts auf.", bemerkt *Jonas*.

Alle drei starren angespannt auf den Bildschirm und versuchen, irgendein Indiz zu finden, das verdächtig ist. Wieder und wieder scannen sie die wenigen Zeilen, bis endlich *Sisa* erleichtert ausruft: "Seht ihr, was ich sehe! Da steht ja ein völlig falscher Zeitfaktor, hier steht 1 statt 36. Jetzt ist mir einiges klar. Wir sind nicht eineinhalb Stunden sondern tatsächlich fast zwei Tage weg gewesen. Kein Wunder, dass *Wolfie* verzweifelt war und sich allein gelassen gefühlt hat. Da musste er aus seiner Sicht was tun. Hilfe holen."

Schnell werden die anderen beiden *Kirikata* überprüft und es ergibt sich das gleiche Bild: Alle haben den Zeitfaktor 1 eingestellt.

Sisa ist empört: "Wie konnte es nur zu der falschen Einstellung kommen! Das ist mir unverständlich. Ich habe doch ganz gewissenhaft das Gerät bedient, damit kein Fehler sich einschleicht. Ich bin schuld, dass das mit *Wolfie* passiert ist."

"Ach was, jeder kann mal einen Fehler machen, wir

werden meinen Hund schon wieder finden, er ist schließlich ein elend kluges Kerlchen.", versucht *Jonas* zu trösten.

Lisa überlegt: "Dann bleibt eigentlich nur der Japaner, der vor 6 Stunden das Schiff verlassen hat. Und keiner von der Besatzung hat ihn zum Ausgang begleitet, denn er war schon mehrmals hier gewesen und mit der Einrichtung sehr vertraut. Ich glaube, der ist unser Mann!"

3 Ein kurzer Hoffnungsschimmer

Der japanische Wissenschaftler *Mirko Kanata* hat als nächstes Reiseziel *Brisbane* angegeben. Er will die *University of Queensland* besuchen. Und dort das *Australian Institute for Bioengineering and Nanotechnology.*

Alatee findet heraus: "Ich glaube er hat sich für Mikroorganismen und ihre Anwendungen bei uns interessiert. Wir könnten *Danissa* fragen, sie hat mit ihm zusammengearbeitet und ihn hier unterstützt. Fragen wir sie doch."

Alatee setzt sich mit *Danissa* in Verbindung und schildert ihr das Problem. Soviel kommt dabei heraus: Der Japaner war sehr zufrieden mit seinen Ergebnissen und Recherchen hier und wollte unmittelbar nach seinem Besuch hier mit dem Taxi nach *Brisbane* zur Universität fahren. Er hat das Schiff vor knapp zwei Stunden verlassen und ist draußen vom bestellten Taxi abgeholt worden. Die Fahrt nach *Brisbane* dauert etwa 5 Stunden.

"Dann lässt sich doch heraus finden, mit welchem Taxi er weggefahren ist, oder?", fragt *Jonas.*

"Aber klar, wir rufen einfach das Taxiunternehmen 'Alien Transport' an, die hier immer die Fahrten ausführen. Dann können die uns sicher sagen, welcher Wagen gerade im Einsatz ist."

Schnell wird die Rufnummer der Firma herausgesucht und das Problem vorgetragen. Die freundliche

Dame in der Taxifirma ist sehr hilfsbereit und verspricht, sich mit den infrage kommenden Fahrern in Verbindung zu setzen.

Schon nach 5 Minuten ruft sie zurück: "Ja, unser Fahrer Jack hat den japanischen Fahrgast bei sich, sie sind zur Zeit ungefähr bei Hyland Beach, und er sagt, dass sie gerade an einer Raststätte vorfahren, wo der Japaner die Toilette aufsuchen möchte. Unser Fahrer wird sich den Wagen genau anschauen und nach einem Hund Ausschau halten."

"Er soll doch auch im Kofferraum nachsehen, vielleicht ist *Wolfie* hinein gesprungen und unbemerkt mitgenommen worden", wirft *Jonas* ein.

Schon nach kurzer Zeit meldet sich die Taxizentrale wieder: "Also, leider kann ich keine positive Auskunft geben. Jack sagt, dass er den ganzen Wagen sehr gründlich untersucht hat, auch den Kofferraum, und keinen Hund gefunden hat. Es tut mir leid, aber so ist die Lage. Ich hoffe, euer Hund wird noch rechtzeitig gefunden Viel Glück und Bye."

4 Eine neue Fährte

Recht bedrückt nehmen die Drei diese schlechte Nachricht auf. Erst mal herrscht betroffenes Schweigen. Unschlüssig sitzen oder stehen sie im Kontrollraum herum und zermartern sich den Kopf auf der Suche nach *Wolfie*.

Bis sich *Lisa* zaghaft vernehmen lässt: "Ich habe noch eine winzige Idee, wo wir vielleicht suchen könnten."

Sofort richtet sich *Jonas* auf: "Du hast eine Idee? Wo könnte er denn sein?"

"Na ja, mir ist nur eingefallen, dass wir doch schon oft mit dem Überlandbus von zu Hause hierher gefahren sind. Wenn *Wolfie* nicht hier in der Zentrale ist – und unsere Suche hat das ja zweifellos ergeben – dann könnte es doch sein, dass er sich an Land geschlichen hat, zur Bushaltestelle gelaufen ist, die er kennt, und unbemerkt in den Bus gesprungen ist. In den nächsten Bus zu uns nach Hause."

"Ein Möglichkeit, die wir nicht ganz von der Hand weisen dürfen. Forschen wir doch mal nach." *Sisa* geht auch gleich voran zum Terminal und ruft den Busfahrplan auf. Dieser gibt Auskunft, dass *es* zwei Buslinien *gibt:* Nach *Hummer* und auch nach *Brisbane*. Und dass der Bus nach *Hummer* vor genau 2 Stunden abgefahren ist, während der Fernbus nach *Brisbane* bereits vor 10 Stunden gestartet ist.

"Also, ich würde auf den Bus nach *Hummer* tippen,

das war erst vor 2 Stunden, das könnte passen. Um diese Zeit hat ja auch der Japaner das Schiff verlassen. Vielleicht ist *Wolfie* mit ihm durch die Schleuse nach draußen gelaufen. Hier steht, es ist die Linie 22. Und das Busunternehmen, das diese Strecke bedient, heißt *NSW Line*. Hier ist auch die Telefonnummer der Firma. Ich rufe gleich mal dort an."

Nach etlichen Weiterverbindungen gelangen sie an einen hilfsbereiten Assistenten der Buslinie, der ihr Anliegen sehr ernst nimmt. Er sucht sofort den Code für den Bus der Linie 22 heraus und ruft den Fahrer an.

"Ich habe den Fahrer erreicht, er hat versprochen in 5 Minuten zurück zu rufen, denn dann kann er an einer Raststelle anhalten und nachsehen. Also keine Bange, wenn euer Hund an Bord ist, dann werden wir ihn finden."

Die versprochenen 5 Minuten dehnen sich zu 10 Minuten und die Ungeduld wächst. Doch endlich unterbricht das Schrillen des Telefons die angespannte Stille.

"Der Fahrer hat einen Hund gefunden. Er saß ganz hinten in der letzten Reihe am Boden und hat sich sehr manierlich verhalten. Was machen wir jetzt?"

"Das könnte *Wolfie* sein. Wir sind doch auch immer hinten in der letzten Reihe gesessen, das kennt er. Ich wünsche mir so, dass es *Wolfie* ist!" *Jonas* ist bei dieser Nachricht ein Stein von der Brust gefallen.

"Können Sie bitte dem Fahrer ausrichten, dass er

den Hund beschreiben soll und ihn mit dem Namen *Wolfie* ansprechen soll, dann wäre es klar, ob es wirklich unser Hund *Wolfie* ist. Er sieht aus wie ein *Australian Shepherd*."

Schon nach wenigen Minuten kommt die Rückantwort: "Die Beschreibung stimmt und auf den Namen *Wolfie* hat er auch gehört und freudig mit dem Schwanz gewedelt."

Bei den Dreien herrscht nun große Erleichterung und Zuversicht, dass es sich tatsächlich um *Wolfie* handelt.

Und *Sisa* ruft zurück: "Können Sie den Hund vielleicht in der Raststelle abgeben, wir werden ihn so schnell wie möglich abholen. Er ist übrigens sehr brav und folgt normalerweise aufs Wort."

Der nette Busfahrer ist mit dem Hund, den er nun *Wolfie* nennt, und der auch sehr folgsam ist, zum Restaurant gegangen und hat dort einen der Bediensteten gefragt, ob er den Hund abgeben kann. Nach Schilderung der Lage ist der Geschäftsführer gerne bereit, *Wolfie* in Gewahrsam zu nehmen. Im Büro des Geschäftsführers kann er auf seine Abholung warten. Ein Napf mit Essen und frisches Wasser helfen, dass er ganz brav auf die Dinge wartet, die kommen sollen.

Sisa bedankt sich überschwänglich bei dem Busunternehmen und verspricht, dass sie *Wolfie* so schnell wie möglich abholen werden.

5 Wieder vereint

Bloß, wie gelangen sie jetzt schnellst möglich zu der Rastanlage und zu *Wolfie*? Der letzte Bus des Tages ist schon abgefahren, und so entschließen sie sich, ein Taxi zu nehmen.

Schon eine Viertelstunde später sitzen die Drei im Taxi und los geht es Richtung *Hummer*. Sie haben dem Fahrer den Namen der Rastanlage genannt, wo sie kurz anhalten müssen. Und auch, dass er als weiteren Passagier einen Hund bekommen wird. Glücklicherweise ist er ein Tierfreund und hat nichts dagegen einzuwenden, an der Rettung ihres treuen Begleiters mitzuwirken.

Die kurvige Strecke windet sich in einiger Entfernung zum Meer an der Küste entlang und so dauert es doch mehr als eine Stunde, bis sie auf den Parkplatz der Rastanlage ankommen. Alle drei sausen in Windeseile zum Gebäude, während der Taxifahrer langsam zum Selfservicebereich schlendert, um sich eine Erfrischung zu holen.

"Wo ist das Büro?", stößt *Jonas* aufgeregt hervor, als er an der Kassiererin vorbei hastet.

"Langsam, mein Junge, es läuft dir ja nicht weg. Suchst du etwa den Hund?"

"Ja, klaro, wo ist er?" *Jonas* kann es gar nicht schnell genug gehen.

"Schau, dort hinten bei den Getränken ist die Tür zum Büro, du kannst sie nicht verfehlen. Und grüße deinen Hund von mir, so ein netter Kerl, ich habe ihm ein wenig Wasser und Futter hingestellt. Er war ja scheinbar ganz ausgehungert."

Die letzten Worte hört *Jonas* schon gar nicht mehr, mit *Lisa* und *Sisa* im Schlepptau stürzt er zu der angegebenen Tür. Als er sie aufreißt, schießt ihm ein Fellbündel entgegen, laut bellend und zwischendurch immer wieder in hohen Tönen winselnd.

Jonas wirft sich seinem Hund entgegen und so landen beide in enger Umarmung auf dem Boden, wo *Wolfie* ihn in ungeheurer Erleichterung und Freude über das Gesicht leckt. Das dauert gewiss eine ganze Minute, dann hat *Wolfie* auch Zeit für *Lisa* und *Sisa*. Abwechselnd springt er an ihnen hoch und begrüßt sie nach Hundeart mit seiner nassen Zunge und kurzem, freudigen Bellen.

"Ach, ich bin so froh, elend froh, dich wieder zu haben, mein lieber *Wolfie*!" *Jonas* ist ein Stein vom Herzen gefallen, dass die Suche nach *Wolfie* so glücklich ausgegangen ist.

Nachdem sie sich tausendfach beim Personal der Raststätte bedankt haben – die Bezahlung von Futter und Wasser für *Wolfie* lehnt der Chef entrüstet ab – verabschieden sie sich und gehen raus zum wartenden Taxi.

"Gott sei Dank, du hast deinen Hund gefunden. Alles prima! Dann können wir ja weiterfahren. Oder? Und du bist der *Wolfie*?"

Wolfie aber weiß, was sich als wohl erzogener Hund

133

gehört und begrüßt auch den Taxifahrer mit einem fröhlichen Bellen und legt ihm kurz seine Pfote auf das Knie.

Die weitere Fahrt nach Hause verläuft ohne Unterbrechung und Pannen, und die Eltern sind froh, alle Kinder mit *Wolfie* wieder zu Hause zu haben.

Der Abend im gemütlichen Heim zieht sich sehr in die Länge, denn *Jonas*, *Lisa* und *Sisa* müssen alles genau erzählen, was sie in der Zentrale, und bei ihren mentalen Besuchen auf *Belatera* mit den dortigen Jugendlichen erlebt haben. Und als sie den Verlust von *Wolfie* erzählen, da wird *Mark* ganz blass und stößt leise hervor: "Das wäre ja nicht auszudenken, wenn unser *Wolfie* abhanden gekommen wäre. Ich bin auch so froh, dass er wieder bei uns ist!"

Und *Mira* wundert sich ein ums andere mal: "Wenn ich nicht wüsste, dass ich mich auf euch verlassen kann, dass ihr mir keinen Bären aufbindet, dann könnte ich all das Phantastische, diese unglaublichen Erlebnisse nicht glauben. Es ist einfach zu großartig, was ihr erzählt, und das Großartigste ist, dass wohl die Rettung der Bewohner von *Belatera* gelingen könnte."

V - Unterwegs im Raumschiff

1 Abschied von der Heimat

Jetzt ist nur noch der Zeitplan zum Transport von Material und Menschen zu entwerfen. Denn es wird einige Monate in Anspruch nehmen, alles in die Raumschiffe zu bringen.

In den nächsten Tagen sind *Karila*, *Mirati* und *Aftilis* damit beschäftigt, die automatisierten Transporte der materiellen Güter zur Bodenstation, zur Raumstation und zu den Raumschiffen zu organisieren.

Alle vorhandenen Androiden werden dazu benötigt, die verfügbaren Fahrzeuge zur Bodenstation herzurichten, die gesammelten Kunstschätze und Bodenschätze zu verladen. Auch die ungeheuren Mengen an digital gespeicherten Daten müssen auf Datenträger gesichert und letztlich in die Raumschiffe verbracht werden.

Nachdem diese logistische Aufgabe abgeschlossen ist, sie dauert insgesamt 10 Monate, kommen die Bewohner von *Belatera* an die Reihe. Jede Familie bekommt einen genauen Zeitplan, wann ihre Abreise stattfinden wird. Dazu müssen eine kleine Menge Lebensmittel und auch Schlafplätze in der Bodenstation und in der Raumstation bereit gestellt werden. Denn die Transportkapazitäten stimmen eben nicht genau überein, so dass es jeweils zu kurzen Wartezeiten am Boden und im Weltall kommt. Erst wenn

immer genug Menschen in der Bodenstation angekommen sind, fährt der dann voll gefüllte Weltraumlift hoch. Und wenn dort in der Raumstation genug
Menschen für die Transporte mit dem Transferraumschiff zu den Tiefschlaf-Raumschiffen beisammen
sind, können diese angeflogen werden.

Da an Bord der Raumschiffe fast keine Lebensmittel
vorhanden sind, müssen alle Ankömmlinge umgehend ihre Tiefschlafeinrichtungen aufsuchen und
sich in Kälteschlaf versetzen lassen.

Nach insgesamt 12 Monaten ist es soweit: Alle Materialien und alle Menschen sind verstaut, *Belatera*
ist bis auf die drei Jugendlichen verlassen. Man hat
sich entschieden, alle technischen Einrichtungen
weiter arbeiten zu lassen, ausgenommen natürlich
die Anlagen zur Nahrungsmittelproduktion und die
Medien zur Unterhaltung. Aber Energieversorgung,
Belüftung, Kühlung sollen weiter laufen, es spielt ja
keine Rolle mehr.

Auch die in der Stadt arbeitenden Androiden werden
natürlich mitgenommen, zusammen 75 Individuen.
Nach einem letzten Inspektionsgang durch die verlassene Tunnelstadt sind die drei Jugendlichen im
Hangar angekommen. Ein letztes Mal besteigen sie
eines der Fahrzeuge, das sie zur Bodenstation bringt.
Sie haben diese Fahrt ja in den letzten Monaten jeweils mehrmals unternommen, es war doch so manches dort zu regeln.

Mit festen Schritten durchqueren sie die Bodenstation, auch hier schließen sich die vier hier arbeitenden Androiden an. Alle zusammen besteigen sie den Weltraumlift und fahren in den Weltraum empor.

Mit ernster Miene begrüßt Kommandant *Zikar-Edon* in der Raumstation sie und begleitet sie zum Hangar der Raumfähre. Sein letzter wehmütiger Blick in sein Reich zurück spricht Bände: Er ist ebenso wie seine Kollegen zutiefst betrübt, ihre Heimat verlassen zu müssen. Aber es muss ja sein. Mit einem Seufzer schließt er die Luftschleuse und startet die Fähre zum Raumschiff.

Dort werden sie bereits von den anderen Androiden und vielen Menschen erwartet und mit Applaus begrüßt. Es sind einige Hundert, die zuletzt angekommen sind und nun ebenfalls von ihrer Heimat Abschied nehmen, ehe sie sich in den langen Schlaf begeben.

Die Angehörigen von *Mirati*, *Aftilis* und *Karila* sind auch zugegen und schließen ihre Kinder in die Arme.

"Jetzt sind wir voller Hoffnung, zusammen werden wir in eine gute Zukunft aufbrechen. Komm, *Mirati*, kommt alle mit, wir wollen uns gemeinsam auf die lange Reise begeben. Ich bin so froh. Aber ein eigentümliches Gefühl ist es doch, wenn man seine Heimat, den eigenen Planeten und die eigene Sonne verlassen muss. Trotz allem Unglück, das uns dort das Leben so schwer gemacht hat, wir sind wohl alle ein wenig nachdenklich und beklommen. Aber ihr habt recht, es kann alles nur besser werden und so lasst uns einfach loslassen und nach vorne blicken. Auf die *Erde*!" *Mirati*s Mutter umarmt alle Anwesenden.

2 An Bord der Raumschiffe

Unendlich langsam, nahezu unmerklich, ziehen die ewigen Sterne an den wenigen kleinen Fenstern des Raumschiffs *KATSI1* vorbei. In der Dunkelheit des Weltraums stört kein Funkeln und Flackern ihren reinen Schein, sie leuchten und glühen wie bunte Stecknadelköpfe. Dort oben, in vielen Lichtjahren Entfernung, strahlt *Rigel* oder *β Orionis*[10], der blau leuchtende Riesenstern als Fuß des Sternbildes. In der Nachbarschaft breitet sich der *Hexenkopfnebel* aus, ein riesiger Staubnebel, der sanft im blauen Licht von *Rigel* scheint.

Auf dieser Backbordseite des Schiffs bietet sich ein ungehinderter Ausblick auf das weite Weltall. Besonders beeindruckend und fesselnd für jeden Betrachter ist der Anblick des *Pferdekopfnebels*. Dieser liegt im Gürtelbereich des Sternbildes *Orion*. Die Gürtelsterne sind die beiden hell leuchtenden Gasriesen *ζ Orionis*, genannt *Alnitak* und *δ Orionis*, *Mintaka*.

Der dritte Gürtelstern, der von der *Erde* aus gesehen in der Mitte des Gürtels steht, *ε Orionis* oder *Alnilam*, ist dagegen etwa 1500 Lichtjahre entfernt und von hier aus nicht besonders auffällig.

---

10 *Rigel* - Helle Sterne werden mit griechischen Buchstaben durchnummeriert, haben aber auch meist arabische Eigennamen, z.B. α *Orionis* - *Beteigeuze*. Es werden die irdischen Namen der Sterne verwendet.

Etwas abseits davon funkelt das helle Band der *Milchstraße* in seiner ganzen Pracht und zieht sich fast über den ganzen sichtbaren Ausblick vom Fenster hin.

Auf der Steuerbordseite des Schiffs dagegen kann man die große Raumstation beobachten, von der sie gerade abgelegt haben. Vor dem Hintergrund der schwach glimmenden Planetenoberfläche hebt sie sich hell ab. Unter einem Winkel von 266 Grad sind die beiden größten Monde von *Belatera* zu beobachten, sie leuchten in rötlichem Licht der untergehenden Sonne *Stalata*. Mit ihrem Widerschein beleuchten sie die Raumstation. Sie dreht sich langsam um ihre Achse, um Menschen, die dort leben würden, normale Schwerkraft zu bieten. Aber kein Mensch wird sich dort jemals wieder aufhalten.

Alle, genau 40022 Menschen, also die gesamte Bevölkerung von *Belatera*, hat in den letzten Monaten ihre Heimat verlassen. Es wurden einige Versammlungen abgehalten, auf denen die genaue Organisation der Auswanderung diskutiert und geklärt wurde. Trotz einiger Ängste der Älteren vor dem Ungewissen einer Jahrtausende währenden Fahrt, vor dem Neuen, das sie auf ihrer zukünftigen Heimat, der *Erde*, erwarten würde, haben sich alle entschlossen auszuwandern. Keiner wollte auf diesem todgeweihten Planeten zurückbleiben.

Mittels des Weltraumfahrstuhls sind sie zur Raumstation empor gefahren und haben sich dann auf die beiden großen interstellaren Raumschiffe *KATSI1* und *KATSI2* begeben. Eine kleinere Gruppe wird im dritten Raumschiff, dem kleinen Raumschiff *KATSI3* befördert. Sie treten eine lange Reise an, denn sie verlassen ihre Heimat für immer.

3 Der Start

Ein leises, tiefes Brummen durchzieht den gigantischen Leib des Schiffs und signalisiert, dass es zum Leben erwacht ist. Seine Ionentriebwerke haben ihre Arbeit aufgenommen und entwickeln Schubkraft. Diese wird sich aber nur sehr, sehr langsam bemerkbar machen und das Schiff auf seinen langen Flug beschleunigen. Zum Maximum wird das Schiff in etwa 1500 irdischen Jahren 45,4 Prozent der Lichtgeschwindigkeit erreichen. Ab diesem Zeitpunkt muss es wieder seine Geschwindigkeit verringern, so dass es am Ziel nur noch mit der Bahngeschwindigkeit des Planeten *Erde* fliegt. Aber das wird erst in etwa 3000 Jahren sein.

Überall drängen sich die zuletzt angekommenen Menschen an den kleinen Fensterluken und bestaunen das beeindruckende Panorama aus tiefer Schwärze des Raums und den lebhaften Farben der Planetenoberfläche. Tief unter ihnen, genau gesagt in einer Entfernung von 72085 km, breitet sich in einsamer Schönheit ihr Planet, *Belatera*, aus.

Soeben ist die Nacht über den westlichen Gefilden hereingebrochen und mit einem Mal strahlt dort unten ein gleißendes Licht auf: Die autonom arbeitende Solarstation *Tiaur*, welche die beiden verbliebenen, unterirdischen Städte des Planeten mit Energie versorgt, schickt automatisch einen Lichtstrahl zu den Raumschiffen. Einen letzten Gruß, von einem einsamen, verlassenen Planeten.

Auf den Anblick ihrer Sonne *Stalata* müssen die Beobachter verzichten, sie ist hinter ihrem Planeten verborgen, dessen Nachtseite sie gerade jetzt beobachten. Und sie verzichten gerne darauf, ist es doch diese sterbende Sonne, von der ihnen so viel Verderben droht. Und derentwillen sie ihre Welt verlassen müssen. Die Abflugzeit wurde mit Bedacht in diese Nachtstunden gelegt. Denn der Anblick von *Stalata*, ohne schützende Atmosphäre von *Belatera*, wäre extrem gefährlich für alle Lebewesen. Und so ist keiner traurig, diesen Todesstern bei ihrem Abschied nicht zu Gesicht zu bekommen.

"Seht mal, dort, der Übergang vom Tag zur Nacht, das ist so faszinierend. Ich sehe alle Farben des Regenbogens in der Atmosphäre. Und das helle Licht dort im Dunkeln in der Wüste, ist das die Station *Moreia*?"

Die Menschen sind bewegt, viele vergnügt und froh, einige verhalten und in sich gekehrt. Die meisten benehmen sich, als ob es nur ein Ausflug wäre, ein Ausflug am Wochenende mit Spaß und Unterhaltung auf der Raumstation. Und dabei ist es ein Abschied für immer.

Die kleine *Girana* an der Seite ihrer Eltern *Holdaka* und *Vinoff* plappert unbekümmert drauf los und ihre kleine Hand hält die Hände ihrer Eltern fest umklammert. Die beiden blicken sich ernst an und ihre

Gedanken weilen noch bei ihrer verlassenen Heimat.

"Jetzt ist es entschieden, ein endgültiger Abschied von unserem Planeten. Ein Abschied auf Nimmerwiedersehen. Ich habe ein wenig Angst, wie unsere Zukunft sein wird!", murmelt *Holdaka* an ihren Gatten gewandt.

"Oh ja, ein merkwürdiges, wehes Gefühl beschleicht mich auch. Aber ich sehe das Positive, das uns erwartet. Wir verlassen ein trostloses, freudloses und unwürdiges Leben auf unserer unwirtlich gewordenen Heimat. Und wir sehen einer glücklichen Zukunft auf der *Erde* entgegen, die uns in Freundschaft aufnehmen wird. Wir werden einen neuen Start in einem menschenwürdigen Leben dort beginnen können, voll Zuversicht und Sinn", erwidert *Vinoff* und drückt seine Frau und das Mädchen an sich.

4 Eintrag im Bordtagebuch von *KATSI1*

Planetenzeit: 12B438 (= 309932 *Belatera* – Zeitrechnung oder 3719183 Irdische Zeitrechnung)

Bordzeit: 0 Jahre, 1 Tage

Inertialzeit[11]: 0 Jahre, 1 Tage

Geschwindigkeit: 0 % Lichtgeschwindigkeit

Entfernung von *Stalata*: 0 Lichtjahre

Entfernung von Sonne: 720 Lichtjahre

Antrieb: 90 % Ionen, 4 % Prozent Strahlung abnehmend, 6 % Gravitation zunehmend

Texteintrag:

Kommandant Android *Eternik* gibt folgenden Text zu Protokoll: Nun sind wir mit unserem Raumschiff *KATSI1* ohne Probleme gestartet und verlassen unseren unseligen Planeten *Belatera* für immer. An Bord sind 19934 Menschen, alle befinden sich im Tiefschlaf, und 35 Androiden. Alle Systeme arbeiten fehlerfrei. Neben unserem Raumschiff befinden sich die Raumschiffe *KATSI2* mit 19934 und ebenfalls 35 Androiden, sowie *KATSI3* mit 154 Menschen und 5 Androiden an Bord. Auch diese beiden Raumschiffe haben den Start eingeleitet und fliegen Richtung

---

11 Inertialzeit – Zeit, wie sie in einem ruhenden System vergeht, z.B. auf Erden oder auf *Belatera*

Sonne.

Möge unsere Reise ein glückliches Ende finden.

Ende des ersten Eintrags.

5 Ein Raumschiff versinkt in Tiefschlaf

Einige Stunden nach dem Start beginnt die zweite Phase des Aufbruchs. Sie sind nun schon einige Millionen Kilometer von *Belatera* entfernt und der öde, verlassene Planet ist deutlich kleiner geworden, er erscheint nur noch in Fußballgröße dem bloßen Auge.

Der Kommandant des Schiffs meldet sich: "An alle Passagiere. Hier spricht der Androide *Eternik* von Raumschiff *KATSI1*. Ich bin der Kapitän dieses Schiffs. Wir haben die Startphase ohne Probleme überstanden und wollen nun wie geplant in den zweiten Teil unseres Flugs übergehen. Dazu werden die Aussichts-Luken des Raumschiffs geschlossen und die restlichen, noch wachen 292 menschlichen Insassen müssen sich in ihre Tiefschlafkojen begeben. Dort befinden sich bereits fast 20000 Menschen im Tiefschlaf.

Neben uns fliegen die beiden Raumschiffe *KATSI2* und *KATSI3*, auch sie befinden sich im Übergang zum Reiseflug. Auch sie melden, dass alles an Bord perfekt funktioniert. Wir werden in einer Art Formationsflug unsere lange Reise durchführen.

Der Übergang in den Tiefschlaf wird vollautomatisch erfolgen. Wie ihr wisst, wird dieser Abschnitt unserer Reise sehr lange dauern, etwa 250 Jahre *Belatera*zeit oder 3000 Erdenjahre. In dieser Zeit wird jedes Schiff von der Besatzung, die aus 5 Androiden

147

besteht, gesteuert. Während dieser Reiseflugphase wird die Schwerkraft an Bord nahezu Null sein. Die Tiefschlafenden werden auf ihren Liegen festgehalten, so dass sie sicher liegen. Ein Wachzustand von euch Menschen ist nicht vorgesehen und auch nicht nötig. Für euch Menschen wird diese lange Zeit wie ein tiefer Schlaf sein. Wenn ihr in der Nähe unseres Ziels, dem Planeten *Erde*, wieder aufgeweckt werdet, so wird das für euch wie das Aufwachen am Morgen eines neuen Tages sein. Habt also keine Angst, diese Technik ist seit undenklichen Zeiten erprobt und ungefährlich. Der Tiefschlaf wird in genau eineinhalb *Belatera* - Stunde erfolgen. Also geht jetzt in eure Stationen. Die Androiden, also die Besatzung, wird euch, wenn nötig, zur Hand gehen und wünscht uns allen eine gute Reise. Bis zum Aufwachen in der Nähe der *Erde*. Seid zuversichtlich, es wird alles gut werden!"

Die Lautsprecher des Schiffs verbreiten gebannte Stille und die Menschen, die sich noch an den Aussichtsfenstern aufgehalten haben, begeben sich in die ihnen zugewiesenen Schlafkojen, wo sie von sanfter, beruhigender Musik empfangen werden.

Dort angekommen werden zuerst die kleinen Kinder versorgt, manche müssen von den Eltern getröstet werden. Sie beobachten, wie die Kleinen in tiefe Bewusstlosigkeit versinken und wie die automatische Tiefschlafapparatur die kleinen Körper auf tiefste Temperatur herunter kühlt. In diesem Zustand sind alle Lebensäußerungen eingefroren und angehalten.

Nun legen sich auch die Erwachsenen und Jugendlichen auf die engen Liegen ihrer Tiefschlafkabine und lassen die Prozedur über sich ergehen. Nach und nach erlischt das aktive, menschliche Leben im Raumschiff, die Musik verklingt, Ruhe kehrt ein. Nur ein winziger Funke von Leben ist noch in den herunter gekühlten Körpern der Menschen, ausreichend für die lange Zeit des Schlafes und genug für eine Wiedererweckung am Ende der Reise.

Nur das kaum noch hörbare Summen von Maschinen ist zu vernehmen und gelegentlich eilt einer der Androiden von einer Apparatur oder einem Display zum nächsten und kontrolliert den Schiffszustand oder die Funktionen der Schläfer. Alles verläuft nach Plan. Stille.

6 Die Raumschiffe *KATSI1* und *KATSI2*

Diese beiden großen interstellaren Raumschiffe sind nahezu identisch. Beide bieten Platz für etwa 20000 Menschen in Tiefschlafkojen. Diese Kojen sind dicht gedrängt in großen Hallen in vielen Reihen und in 10 Etagen aufgeschichtet. Dazwischen liegen nur schmale Flure, gerade breit genug, dass die Schiffsandroiden zur Inspektion vorbeikommen können.

Außerdem verfügt jedes Schiff über einige große Lagerräume. In diesen Arsenalen haben die Menschen von *Belatera* ihre wichtigsten und kostbarsten Kulturgüter und Wertgegenstände gelagert. Sie sollen mit ihnen zur *Erde* reisen und sie dort bei ihrem Neuanfang begleiten. Es sind das vor allem antike Artefakte, herrliche Statuen, großartige Gemälde, Erstschriften von Dichtern und Denkern, kunstvolle Musikwerke. Zudem eine gewaltige Ladung aus Gold, Diamanten, Platin und anderen seltenen Metallen, die auch auf der neuen Heimat *Erde* einen hohen Wert besitzen.

In einer der Hallen sind die wenigen persönlichen Habseligkeiten der Reisenden verstaut, Erinnerungsstücke, Schmuckstücke, Dinge, die jedem von ihnen lieb und teuer sind. Viel ist es nicht, was sollten sie auch mitnehmen aus ihrem armseligen Leben?

Pflanzen und Tiere sind nicht an Bord, das war eine der Bedingungen der Aufnahme. Zu gefährlich wäre es, wenn unbekannte Krankheitserreger, Viren oder

Bakterien eingeschleppt würden und auf Erden Epidemien oder Seuchen auslösen würden. Lediglich Samen einiger beliebter Pflanzen und eingefrorene befruchtete Eizellen von Säugetieren sind zugelassen. Vielleicht kann man sie in der neuen Heimat ja unter kontrollierten Bedingungen zum Leben erwecken. Aber da auf *Belatera* ohnehin das Leben auf der unbewohnbar gewordenen Oberfläche zum Erliegen gekommen war, ist dies keine wirkliche Einschränkung oder ein Verlust. Zumal die Auswanderer wissen, dass sie durch das reiche und vielfältige Tier- und Pflanzenleben auf Erden mehr als genug entschädigt werden würden.

Einen weiteren großen Raum nehmen die Quantencomputer[12], die Steuerungsanlagen und Überwachungssysteme, sowie die Speichermedien im Schiff ein, auf denen die gesamte Literatur, alle Erfindungen und Erkenntnisse von *Belatera* gespeichert sind. Sie sollen auf Erden den dortigen Menschen zugänglich gemacht werden, als großzügiges Gastgeschenk.

---

12 Quantencomputer – arbeitet mit Lichtquanten und damit
   wesentlich schneller als herkömmliche Computersysteme.

7 Das Raumschiff *KATSI3*

Das kleine der drei Raumschiffe, *KATSI3*, fasst nur 200 Menschen. Es ist wohl einst für den Besuch von wichtigen Leuten auf fernen Sternen konstruiert worden. Also für eine kleine Delegation, die aus Regierungsvertretern und Experten bestehen würde. Darüber hinaus ist es weitaus luxuriöser ausgestattet als die beiden großen Schiffe, es besitzt größere Tiefschlafkojen, einige Aufenthaltsräume und einige Sondereinrichtungen zur Kommunikation. Aber wie die Aufzeichnungen ergeben haben, wurde auch dieses Raumschiff bisher nie eingesetzt. Der Grund dafür kann sein, dass es keine Notwendigkeit oder auch keine Gelegenheit gab, es zu verwenden. Aus den Archiven ist zu ersehen, dass es einfach keinen bewohnbaren oder bewohnten Stern gab, zu dem man hätte reisen können. Von den hunderten oder gar tausenden von Planeten in den vielen Sonnensystemen, die von den Belateranern untersucht wurden, hat sich kaum einer als wirklich zur Besiedlung geeignet erwiesen. Einige wenige Planeten waren bereits von fremden Intelligenzen besiedelt und somit tabu für eine Inbesitznahme. Dieses Raumschiff wurde nie benutzt, weil es keine Hoffnung auf eine mögliche Auswanderung gab. Es wurde also eingemottet, regelmäßig gewartet und darauf geachtet, dass es seine Umlaufbahn einhält.

Und so dient es jetzt als drittes Schiff für die Reise

zur *Erde*. Man hat kurz überlegt, wie die Aufteilung der Menschen auf die drei Raumschiffe wohl am gerechtesten und praktischsten erfolgen soll. Der Verteilungsschlüssel sieht so aus:

In *KATSI1* und *KATSI2* werden Familien mit Kindern, Jugendliche und alleinstehende jüngere Erwachsene transportiert. *KATSI3* dagegen beherbergt 153 Senioren, die ohne Anhang sind und vielleicht etwas mehr Komfort benötigen. Als Besatzung hat *KATSI3* ebenfalls fünf Androiden.

8 Der Ionen-Antrieb

Von lebenswichtiger Bedeutung sind die Antriebsaggregate des Schiffs. Es sind vor allem vier riesige Ionentriebwerke in der Schiffsmitte, mit denen Schubkräfte erzeugt werden. Sie sind rings um den Schiffsrumpf angeordnet. Bei derartigen Ionentriebwerken wird ein Strom von ionisierten Teilchen erzeugt und gegen die Flugrichtung ausgestoßen.

Die dazu nötige Energie stammt aus einem Atomreaktor, der den elektrischen Strom zur Ionisierung der angesaugten Teilchen liefert.

Bei kleinen Triebwerken dieser Art kann die erforderliche Masse an Bord bereitgestellt werden. Aber bei Raumschiffen dieser Größe, wir sprechen von 200 m Länge und einem Durchmesser von 50 m für die beiden großen Schiffe, ist dies nicht möglich. Die erforderliche Masse der Partikel, die durch diese Triebwerke beschleunigt wird, beträgt während des gesamten Fluges ein Vieltausendfaches der Schiffsmasse. Sie muss deshalb aus dem Weltall aufgesaugt werden.

Dazu ist in Flugrichtung ein gewaltiger trichterförmiger Einlauf angebracht, so dass das gesamte Raumschiff entfernt an einen riesigen Kokon mit einem aufgesetzten Trichter erinnert. Anschließend an den Einlauftrichter folgen riesige Rohre im Innern des Schiffsleibes, die von starken Elektromagneten umgeben sind. Hier werden die eingesaugten Partikel ionisiert und nach hinten beschleunigt. Dieses Rohr durchzieht das halbe Raumschiff von vorne bis zur Mitte, wo die Antriebsdüsen diese Partikel gegen die Flugrichtung in den Weltraum stoßen.

Natürlich funktioniert dieser Antrieb um so besser, je mehr der durchflogene Weltraum interstellaren Staub enthält, Futter für den Antrieb. Die Menge des Staubs ist sehr unterschiedlich im Weltall verteilt. So gibt es Gegenden mit weniger als 1/10000 Atomen pro Kubikzentimeter, aber auch solche mit mehreren 100000 Atomen pro Kubikzentimeter.

In Gegenden, die sehr staubarm sind, also in der Umgebung alter Sterne, liefert der Antrieb nur geringe Schubkräfte. Ganz anders in Raumsektoren mit vielen jungen Sternen und sie umgebenden Wolken interstellarer Materie. Dort können größere Kräfte und Beschleunigungen erzeugt werden, ja, manchmal muss der Materiefluss durch entsprechende Verengung der Einläufe oder Regelung der Magnete gesteuert und gedrosselt werden.

Nach einigen Jahrtausenden Flug wird mit diesem Antrieb ein erheblicher Bruchteil der Lichtgeschwindigkeit erreicht. Nähert man sich seinem Ziel auf halbe Entfernung, so muss abgebremst werden, also schon bei der Hälfte der Distanz. Dazu behält das Raumschiff seine Lageorientierung bei, lediglich die Raketendüsen müssen um 180 Grad gedreht werden. Sie sind jetzt gegen die Flugrichtung gerichtet und können einen andauernden Bremsstrahl ausstoßen.

Mit dieser genialen Anordnung von großem Staubfangtrichter vorne und vier schwenkbaren Antriebsdüsen in der Schiffsmitte kann mit minimalem technischen Aufwand sowohl die Beschleunigungsphase in der ersten Flughälfte als auch die Bremsphase in der zweiten Flugphase durchgeführt werden. Selbstverständlich geschieht die Drehung der Antriebsdüsen in der Flugmitte automatisch auf ein Kommando vom Raumschiffskapitän. Da das Weltall praktisch nirgends völlig staubfrei ist, kann man mit diesem Antrieb selbst in die entlegensten Fernen des Alls vordringen. Es dauert nur sehr, sehr lange.

Auf langen Reisen, wie in diesem Fall von *Stalata* zur Sonne - es sind etwa 720 Lichtjahre - wechselt natürlich die Materiedichte des Raums. Aber gerade im Bereich des Sternbildes *Orion* sind ja viele umfangreiche Staubgebiete angesiedelt, leuchtende Nebelwolken mit hohen Massekonzentrationen. Dies wirkt sich natürlich vorteilhaft auf die Reisegeschwindigkeit auf, so dass sich eine kürzere Reisedauer ergibt. Es ist die Aufgabe der Bordcomputer auf Grund der gemessenen und erwarteten Materiedichten des Raums, den besten Flugweg zu berechnen und die Antriebseinstellungen anzupassen.

Die Kenntnisse der *Belateraner* über das Weltall sind durch ihre zahlreichen Reisen und durch Beobachtungen sehr umfangreich. So sind die Materiedichten in sehr vielen Sektoren des Weltraums ziemlich genau bekannt und die Computer können den

Reiseweg optimal planen.

Dazu können eben die Einlässe der Triebwerke in ihrer Weite reguliert oder auch die Magnetfelder der Schubdüsen gesteuert werden. Auch ist natürlich der Flugweg keineswegs geradlinig. Er folgt sanft gekrümmten Raumkurven, die sich aus den Materiedichten und den Konstellationen der Sterne ergeben.

Das führt uns zum zweiten und dritten wesentlichen Antrieb des Sternenschiffs, dem Gravitationsantrieb und dem Sonnensegel.

9 Mit Gravitation und Solarsegel

Die *Belateraner* wissen, wie sich die Anziehungskraft naher Sonnenmassen zur Fortbewegung im Weltall ausnützen lässt. Durch ihre fortschrittliche Technik und die Beherrschung der Materie geht diese Art des Antriebs aber weit über die natürliche Massenanziehung hinaus. So können gewaltige Massen in gewissen Grenzen bewegt werden. Bei einem Raumschiff kann auf diese Art und Weise etwa 20 % der Antriebsleistung erzeugt werden. Die Kraft einer Sonne oder großer Planeten wirkt auf die Masse des Raumschiffs und zieht es an. So wirkt die natürliche Massenanziehung. Den *Belateranern* aber ist es gelungen, diese Kraft zu verstärken und sie sogar kurzzeitig ins Gegenteil umzukehren. Also so, dass sich Massen voneinander abstoßen. Beispielsweise wird die Anziehung bei der Annäherung an einen Stern als Schubkraft genutzt, sowie bei der Entfernung von einem Stern als Bremskraft. Durch zeitweilige Umpolung der Drehbewegungen der Atome eines Raumschiffs kann eine abstoßende Wirkung erzielt werden.

Helle Sterne senden einen ungeheuren Strom von Materie, also Teilchen und Lichtphotonen aus, sie strahlen in verschiedenen Farben. Diese Strahlung übt tatsächlich einen Druck auf andere Körper aus und kann ebenfalls als Antriebs- oder Bremskraft genutzt werden. Da die dabei entstehenden Kräfte sehr klein sind, müssen die angestrahlten Flächen, die Solarsegel, sehr groß sein, um Wirkung zu entfalten. Typischerweise sind sie etwa 10 bis 20 Quadratkilometer groß.

Die riesigen Solarsegel der beiden großen Schiffs kommen beim Vorbeiflug an nahen Sternen nach dem Passieren dieser Sterne zum Einsatz. Ihre Fläche beträgt 18 Quadratkilometer. Durch den Druck der Sonnenstrahlung auf diese Segelflächen werden beträchtliche Schubkräfte erzeugt und tragen in der Nähe heller Sterne etwa 10 % zum Antrieb bei.

Das kleine Schiff *KATSI3* hat demgegenüber nur ein Solarsegel von 5 Quadratkilometern und erzeugt weniger Schubkraft.

Auf der ersten Hälfte der Reise zu einem Ziel werden die Strahlungskräfte als Antrieb genutzt. Während der Bremsphase, also etwa dem zweiten Teil der Reise, kann durch Strahlendruck gebremst werden. Das hängt natürlich davon ab, welche Sterne passiert werden. So kann es durchaus passieren, dass zuerst an vielen Sterne vorbei geflogen wird, so dass ein starker Antrieb gewonnen wird. Durchfliegt man während der Bremsphase aber ein Gebiet mit wenig Sternen, so trägt der Strahlungsdruck sehr wenig zum Antrieb bei.

Es ist die anspruchsvolle Aufgabe der Schiffscomputer, den Reiseweg so zu planen, dass sowohl Massenkräfte, Strahlenkräfte und Ionen-Antrieb optimal zusammen agieren. Das Bild vom Raumschiff, das mit weit aufgespannten Segeln durch das Weltall segelt, entspricht ziemlich genau der Wirklichkeit.

Auf dem Weg zur Sonne wird als erstes die Anziehungskraft und der Strahlendruck des in einer Entfernung von 26 Lichtjahren von *Stalata* entfernten Sterns *Tabit* (π *orionis*) in Anspruch genommen werden.

10 Die lange Reise

Ein Auszug aus dem Bordtagebuch von *KATSI2*:

Bordzeit: 68 Jahre, 234 Tage

Inertialzeit: 68 Jahre, 251 Tage

Geschwindigkeit: 2,3 % Lichtgeschwindigkeit

Entfernung von *Stalata*: 0,8 Lichtjahre

Entfernung von Sonne: 719,2 Lichtjahre

Antrieb: 90 % Ionen, 4 % Prozent Strahlung abnehmend, 6 % Gravitation zunehmend

Texteintrag:

Kommandant Android *Salin* gibt folgenden Text zu Protokoll: Nun sind wir beinahe 70 Jahre unterwegs und haben erst einen Bruchteil unserer Reise zurückgelegt. Unsere Sonne *Stalata* ist immer noch als sehr heller Stern gut zu sehen, wir sind erst am Rande unseres Sonnensystems angelangt. Ab jetzt verlassen wir wirklich unser heimisches Sternsystem und gelangen in die Unendlichkeit des Alls.

11 Ein Android nimmt Abschied

Ein Auszug aus dem Bordtagebuch von *KATSI2*:

Bordzeit: 187 Jahre, 347 Tage

Inertialzeit: 188 Jahre, 29 Tage

Geschwindigkeit: 6,4 % Lichtgeschwindigkeit

Entfernung von *Stalata*: 6 Lichtjahre

Entfernung von Sonne: 714 Lichtjahre

Antrieb: 90 % Ionen, 4 % Prozent Strahlung abnehmend, 6 % Gravitation zunehmend

Texteintrag:

Kommandant Android *Salin* gibt folgenden Text zu Protokoll:

Wir verzeichnen den Abbruch der Funksignale der Bodenstation *Moreia* auf *Belatera* vor einer Woche. Unsere hochempfindlichen Geräte empfangen nur noch statisches Rauschen, nur gelegentlich unterbrochen von den Strahlungsausbrüchen weit entfernter Hintergrundsterne.

Es wird als möglich angesehen, dass die Funkstation durch einen Defekt ausgefallen ist. Dies ließe sich durch einen vor 5 Jahren beobachteten sehr heftigen Strahlenausbruch von *Stalata* erklären. Wir sind froh, nicht mehr auf *Belatera* zu sein.

Belatera ist lange schon verschwunden, unser unglücklicher Heimatplanet ist in der unendlichen Weite des Alls mit seinen Myriaden an Sonnen und Galaxien untergetaucht. Die Sonne *Stalata* ist immer noch hell sichtbar mit scheinbarer Helligkeit 2 *mag*[13], ein relativ unscheinbarer Stern im Gewimmel der Sonnen rings um uns.

Der Glanz der bekannten und vertrauten Sterne wird jedoch immer schwächer. Wir durchfliegen unbekannte Regionen des Weltraums mit nie gesehenen Sternen und Staubnebeln. Obwohl alle Systeme des Raumschiffs perfekt arbeiten kommt mir ein unbekanntes Gefühl auf. Der Weltraum, den wir mit zunehmender Geschwindigkeit durchfliegen, ist so fremdartig, unendlich weit und fern.

Eine seltsame Beklemmung erfüllt mein Innerstes. Auch die anderen Androiden der Besatzung des Raumschiffs empfinden eine gewisse Unsicherheit, was noch alles kommen wird.

Ich habe in meinen Datenbanken gesucht und erfahren, dass dieses Gefühl bei den Besatzungen von vielen früheren Raumflügen in die Tiefe des Weltalls beobachtet wurde. Ich habe ein Wort dafür gefunden: Heimweh.

---

13 *mag* - kurz für magnitudo, lateinisch für Größe, bezeichnet die scheinbare Helligkeit von Sternen. Je kleiner die Zahl, auch negativ, desto lichtstärker sind die Sterne. Der hellste von der *Erde* sichtbare Stern ist Sirius im Sternbild Großer Hund mit -1.2 mag.

VI - Die Katastrophe

1 Unregelmäßigkeiten

Bordtagebuch von *KATSI3*:

Bordzeit: 449 Jahre, 244 Tage, 12 Stunden

Inertialzeit: 451 Jahre, 157 Tage

Geschwindigkeit: 15,2 % Lichtgeschwindigkeit

Entfernung von *Stalata*: 34,4 Lichtjahre

Entfernung von Sonne: 685,6 Lichtjahre

Antrieb: 75 % Ionen-Antrieb, 18 % Sonnensegel, 7 % Gravitation

Texteintrag:

Meldung von Kommandant *Zekris:*

Geschwindigkeitsverluste gegenüber den Schwesterschiffen *KATSI1* und *KATSI2*. Die Erklärung liegt in der geringfügig kleineren Schubleistung der Triebwerke. So leistet das Ionentriebwerk nur 95 % und die Sonnensegel nur 80 % gegenüber denen auf den beiden großen Sternenschiffen. Keine Abhilfe nötig. Ohne Gegenmaßnahmen wird sich die Reisezeit von *KATSI3* um etwa 1 Jahr vergrößern. Um diese Verzögerung möglichst gering zu halten, sollen alle denkbaren und möglichen Maßnahmen zur Geschwindigkeitssteigerung durch Solarwind und

Schwerkraft genutzt werden.

Bordtagebuch von *KATSI3*:

Bordzeit: 449 Jahre, 284 Tage

Inertialzeit: 451 Jahre, 197 Tage

Geschwindigkeit: 15,33 % Lichtgeschwindigkeit

Entfernung von *Stalata*: 34,5 Lichtjahre

Entfernung von Sonne: 685,5 Lichtjahre

Antrieb: 82 % Ionen-Antrieb, 16 % Sonnensegel, 2 % Gravitation

Texteintrag:
Meldung von Kommandant *Zekris*:

Die Anzeigen von Messinstrumenten von *KATSI3* stimmen nicht überein und sind unerklärlich. Mehrere Sensoren, nämlich die Instrumente 2, 17 und 33 zeigen unterschiedliche Intensitäten der Triebwerksleistungen an. Diese sollten aber übereinstimmen.

Abhilfe: Inspektion und Tests, Austausch von Sensor 17.

Ergebnis: Gleichlautende Messungen werden angezeigt, die Probleme sind behoben.

Bordtagebuch von *KATSI3*:

Bordzeit: 449 Jahre, 294 Tage, 2 Stunden

Inertialzeit: 451 Jahre, 207 Tage

Geschwindigkeit: 15,53 % Lichtgeschwindigkeit

Entfernung von *Stalata*: 34,6 Lichtjahre

Entfernung von Sonne: 685,4 Lichtjahre

Antrieb: 86 % Ionen-Antrieb, 12 % Sonnensegel, 2 % Gravitation

Texteintrag:
Meldung von Kommandant *Zekris*:

Die beiden Sensoren 2 und 33 zeigen voneinander abweichende Ergebnisse. Längere Tests ergeben einen tieferliegenden Fehler im Energiesystem. Offensichtlich ist eines der Steuertriebwerke instabil und kann nicht dauerhaft repariert werden.

Abhilfe: Nach Simulation des Geschehens durch die Computer des Schiffs beschließt die Androidenbesatzung, dass die Abschaltung dieses Triebwerks mit 71 % Wahrscheinlichkeit die höchste Erfolgs- und Sicherheitsaussicht hat. Auf die voraussichtliche Flugdauer hat dies höchstwahrscheinlich keinen Einfluss. Das Steuertriebwerk wird deshalb abgeschaltet, Probleme sind behoben.

2 Eine Dunkelwolke wird gesichtet

Bordtagebuch von *KATSI3*:

Bordzeit: 449 Jahre, 324 Tage, 1 Stunde

Inertialzeit: 451 Jahre, 237 Tage

Geschwindigkeit: 15,77 % Lichtgeschwindigkeit

Entfernung von *Stalata*: 34,81 Lichtjahre

Entfernung von Sonne: 685,19 Lichtjahre

Antrieb: 70 % Ionen-Antrieb, 2 % Sonnensegel, 28 % Gravitation

Texteintrag:

Meldung von Kommandant *Zekris*: Vorab sind ausgedehnte Dunkelwolken mit einer Ausdehnung von 1,5 Parsec[14] entdeckt worden. Mit 98 % Wahrscheinlichkeit bestehen sie aus interstellarer Materie des Typs II/6-C (Heiße Wasserstoffgase mit 6% Staubanteil) und werden deshalb als ungefährlich angesehen. Die Größe in Flugrichtung wird auf 0,7 Parsec geschätzt. Ein Umfliegen der Dunkelwolke ist wegen der großen Ausdehnung dieses Gebiets nicht sinnvoll möglich. Die Anziehungskraft der Dunkelwolke kann zum Vortrieb genutzt werden. Dadurch wird die verloren gegangene Zeit teilweise aufgeholt. Es ist keine Kurskorrektur nötig. Voraussichtliche Zeit

---

14 Parsec - 1 Parsec entspricht 3,26 Lichtjahren bzw. etwa 206.000 Astronomischen Einheiten oder etwa $30{,}9 \cdot 10^{15}$ Metern (30,9 Billionen Kilometer)

bis zum Erreichen des Randes der Dunkelwolke wird auf 220 Tage vorhergesagt.

Alles an Bord ist im vorgesehenen Bereich.

3 Im Griff der Schwerkraft

Bordtagebuch von *KATSI3*:

Bordzeit: 450 Jahre, 180 Tage, 22 Stunden

Inertialzeit: 452 Jahre, 92 Tage

Geschwindigkeit: 15,95 % Lichtgeschwindigkeit

Entfernung von *Stalata*: 37 Lichtjahre

Entfernung von Sonne: 683 Lichtjahre

Antrieb: 69 % Ionen-Antrieb, 1 % Sonnensegel, 30 % Gravitation

Texteintrag:
Meldung von Kommandant *Zekris*:

Der äußerste Rand der Dunkelwolke ist erreicht worden. Wir notieren eine enorme Zunahme der Geschwindigkeit durch den Ionenantrieb und durch Gravitation. Unser Raumschiff wird durch diese Wolke hindurch fliegen und so unseren Zeitrückstand aufholen.

Vor 1 Stunde habe ich Meldung an *KATSI1* über unsere Situation und Absicht durchgegeben.

2 Tage später: Die unerwartet hohe Dichte der Dunkelwolke weit über das normale Maß hinaus erfordert energische Bahnkorrekturen. Offensichtlich ist das Zentrum der Dunkelwolke ein junger Protostern, der sich aus dem Gas und Staub der Wolke nährt und

bereits in einem kritischen Stadium ist, ehe er zu einem neuen, richtigen Stern erstrahlt.

4 Tage später: Unser Raumschiff reagiert nur träge auf Kurskorrekturen. Das ausgeschaltete Kurstriebwerk lässt sich nicht anschalten. Damit ist ein erhebliches Problem – Gefahren-Stufe 4 – aufgetreten. Die Anziehungskraft der Dunkelwolke gewinnt immer mehr die Oberhand über die primären Triebwerke. Der Anteil der Gravitation an der Antriebsleistung ist auf 88 % gestiegen. Wir hoffen auf passablen Vorbeiflug am Zentrum des Protosterns.

5 Tage später: Der Anstieg der Temperatur auf gefährliche Werte ist besorgniserregend. Die Temperatur im Raumschiff steigt trotz maximal arbeitendem System. Jede verfügbare Energie wird zur Kühlung eingesetzt.

6 Tage später: Die Grenztemperatur ist überschritten. Die Kryoeinrichtungen sind überlastet. Der Antrieb und die Stabilisation sind ausgefallen. Raumschiff *KATSI3* treibt mit hoher Geschwindigkeit taumelnd auf das Zentrum des Protosterns zu. Es treten sehr hohe Drehbeschleunigungen auf.

10 Tage später: Die Kühlsysteme sind zusammengebrochen. Alle menschlichen Insassen von *KATSI3* sind durch unkontrolliertes, nicht verhinderbares Auftauen gestorben. Das Raumschiff ist nicht mehr zu retten. Wir werden in den Protostern stürzen. Es erging ein Notruf und Mitteilung an die Schwester-

schiffe. Es besteht keine Möglichkeit auf Hilfe. Die Schiffsbesatzung der Androiden schaltet sich ab. Ende der Mitteilung.

4 Eine traurige Botschaft

Bordtagebuch von *KATSI1*:

Bordzeit: 450 Jahre, 190 Tage, 22 Stunden

Inertialzeit: 452 Jahre, 102 Tage

Geschwindigkeit: 16,3 % Lichtgeschwindigkeit

Entfernung von *Stalata*: 37,5 Lichtjahre

Entfernung von Sonne: 682,5 Lichtjahre

Antrieb: 80 % Ionen-Antrieb, 14 % Sonnensegel, 6 % Gravitation

Texteintrag:
Wir erhalten Meldung von *KATSI3*. Die Botschaft ist teilweise verstümmelt. Nach Rekonstruktion durch unsere bordeigene KI ergibt sich folgende traurige Nachricht: Katastrophe durch Totalzerstörung von *KATSI3* in einer Dunkelwolke. Es gibt keine Überlebenden. Es ist keine Hilfe möglich.

Die Lagebesprechung mit *KATSI2* führt zu dem Ergebnis, dass leider keine Maßnahmen zur Rettung möglich sind. Deshalb wird der Flug Richtung *Erde* wie vorgesehen fortgesetzt. Die Computer-Systeme der beiden Schiffe *KATSI1* und *KATSI2* sind angewiesen worden, bei Annäherung an massive Dunkel- und Staubwolken besondere Vorsicht walten zu lassen. Insbesondere ist das zentrale Durchfliegen solcher Wolken sehr gefährlich und wird zukünftig unterlassen. Jegliche Reparatur an den Triebwerken hat in Zukunft unverzüglich zu erfolgen, notfalls müssen Flugverzögerungen in Kauf genommen werden. Die Sicherheit von Passagieren und Schiff hat unbedingt Vorrang.

VII - Das unendliche All

1 Monotonie der Reise

Bordtagebuch von *KATSI1* :

Bordzeit: 758 Jahre, 15 Tage

Inertialzeit: 749 Jahre, 329 Tage, 12 Stunden

Geschwindigkeit: 24,9 % Lichtgeschwindigkeit

Entfernung von *Stalata*: 96 Lichtjahre

Entfernung von Sonne: 624 Lichtjahre

Antrieb: 80 % Ionen, 10 % Prozent Strahlung abnehmend, 10 % Gravitation zunehmend

Texteintrag:

Die Jahre der Reise dehnen sich ins schier Unendliche. Durch einen sinnvollen Dienstplan sind alle Androiden im Wechsel von Ruhezeiten und notwendigen Arbeiten und Kontrollen an Bord – wie nicht anders erwartet - in stabiler Stimmung. Freizeit, Muße und Dienst wechseln sich ab. Die Überwachung der vielen Automatikfunktionen des Raumschiffs erfordert unsere Pflicht und Sorgfalt. Es sind einerseits die Aufrechterhaltung der Schiffsfunktionen, die Überwachung der Sicherheit der Passagiere und die stete Aufzeichnung aller astronomischen und physikalischen Daten des Weltalls. Diese können zum Verständnis des Universums genutzt und ausgewertet werden.

Besondere Vorkommnisse:
Austausch einer Transformer-Ionen-Einheit im 4. Ring der Triebwerksmagneten wegen unregelmäßiger Fluktuation des Magnetfeldes. Die Feldstärke wechselt unregelmäßig zwischen den Extremen und verursacht dadurch kleine Schwankungen in unserer Fluggeschwindigkeit. Dies ist nicht hinnehmbar, da damit die Prognose-KI keine sinnvollen Voraussagen über die zu erwartende Flugzeit machen kann. Ursache sind Materialverunreinigungen der Magnete.

Die Reparatur an Bord hat begonnen und wird voraussichtlich etwas mehr als 3 Monate dauern. Die Transformer-Ionen-Einheit wurde durch ein Ersatzgerät ausgetauscht. Durch Redundanzen entsteht keine Einbuße der Antriebsleistung. Wir wollen betonen, dass es nach unserem Wissen bisher keine Ausfälle dieser Einheiten in der neueren Geschichte der Raumfahrt von *Belatera* gegeben hat. Insofern ist dieser Fehler bemerkenswert. Wir vermuten, dass Mängel in der Industrieproduktion auf *Belatera* die Ursache sind. Sind das Anzeichen für das in den letzten 100000 Jahren nachlassende technische Vermögen unseres Volkes angesichts der drohenden großen Vernichtung durch unser Sonne *Stalata*?

2 Ein glatter Durchschuss

Bordtagebuch von *KATSI1*:

Bordzeit: 886 Jahre, 124 Tage, 2 Stunden

Inertialzeit: 899 Jahre, 29 Tage

Geschwindigkeit: 29,2 % Lichtgeschwindigkeit

Entfernung von *Stalata:* 134,4 Lichtjahre

Entfernung von Sonne: 585,6 Lichtjahre

Antrieb: 79 % Ionen-Antrieb, 16 % Sonnensegel, 5 % Gravitation

Texteintrag:

Ein Schwarm von kosmischen Körpern mit geschätzten 1500 Objekten unterschiedlicher Größe passiert auf Backbord in 1213 km Entfernung. Der Durchmesser des Schwarms beträgt einige Millionen Kilometer. Die Größenordnung reicht von Körnern mit wenigen Zentimetern Durchmesser bis zu Brocken mit etwa 200 m Durchmesser.

Das Flugnavigationssystem hat den Schwarm vor 50 Tagen bemerkt und Ausweichmanöver eingeleitet. Die Abwehrschirme sind eingeschaltet, trotzdem erfolgte ein Treffer im 1. Sektor der Antriebseinheit 3 mit großer Leckage. Die Außenhülle hat zwei Lecks von 33 und 20 Quadratmeter Durchmesser. Es ist ein glatter Durchschuss entstanden. Geschätzte Objektgröße des Asteroiden, der uns getroffen hat: 5 m.

Glücklicherweise sind keine Räume im Tiefschlaftrakt und damit Menschen betroffen.

Die Reparatur erfolgte durch mehrere Androiden. Die Dauer der Reparatur erforderte 118 Stunden. Anschließende Druckprüfung ergab 100% Dichtigkeit.

Trotz eingeschalteter Massen- und Neutrino[15]-Detektoren konnte der Asteroidenschwarm nicht rechtzeitig bemerkt werden, um ein ausreichend frühes und weites Ausweichmanöver zu fliegen. Mutmaßliche Ursache: Asteroidenschwarm besteht aus Antimaterie[16], was auch bei unseren Detektoren ein Problem ist.

Über die Herkunft und Alter der Körper kann nur spekuliert werden. Offenbar sind sie Überbleibsel des Urknalls, als unser gesamtes Weltall entstanden ist. Ein winzig kleines Übergewicht der normalen Materie gegenüber der Antimaterie bewirkte, dass unser Weltall existiert und sich nicht gegenseitig zerstört hat.

---

15 Neutrinos - elektrisch neutrale Elementarteilchen mit sehr geringer Masse und sehr geringer Wechselwirkung zu Materie

16 Antimaterie - Materie, die aus Antiteilchen besteht. Anti-Atome haben Atomhüllen aus Positronen statt Elektronen und Atomkerne aus Antiprotonen und ggf. Antineutronen statt aus Protonen und Neutronen wie bei gewöhnlicher Materie. Materie und Antimaterie vernichten sich beim Aufeinandertreffen.

3 Halbzeit

Bordtagebuch von *KATSI1*:

Bordzeit: 1441 Jahre, 233 Tage, 13 Stunden

Inertialzeit: 1500 Jahre

Geschwindigkeit: 45,41 % Lichtgeschwindigkeit

Entfernung von *Stalata*: 360 Lichtjahre

Entfernung von Sonne: 360 Lichtjahre

Antrieb: 89 % Ionen-Antrieb, 5 % Sonnensegel, 6 % Gravitation

Texteintrag:

Beginn des Bremsmanövers durch zeitweilige Abschaltung der Triebwerke. Drehung des Raumschiffs, so dass die Triebwerke zum Abbremsen fortan in Flugrichtung weisen. Umbau der Einlauftrichter für die Materie. Dauer des Umbaus: 10 Tage. Erneutes Starten der Ionentriebwerke und Einsaugen von Materie. Schub wird planmäßig erzeugt und dient ab jetzt dem Abbremsen unserer Fluggeschwindigkeit.

Wir haben gerade planmäßig die Hälfte der Entfernung zur Sonne, unserem Zielstern zurückgelegt. Da wir auch mit der Geschwindigkeit im Plan liegen, ist auch die halbe Reisezeit vorüber, genau 1500 irdische Jahre. Bei uns an Bord sind 1441 Jahre und 233 Tage vergangen. Diesen Zeitunterschied von etwa 58

Jahren nennt man Zeitdilatation infolge unserer hohen Geschwindigkeit, sie beträgt 45,41 % der Lichtgeschwindigkeit. Die Uhren in unserem Raumschiff gehen wegen der hohen Geschwindigkeit langsamer, die Zeit verläuft langsamer. Und so unglaublich das alles ist, so real ist es doch, wenn man die unter dem Einfluss von Beinahe-Lichtgeschwindigkeit gültigen Gesetzmäßigkeiten anwendet.

Obwohl wir kein Alter kennen - ich spreche von der Besatzung des Schiffs, den Androiden – ist es doch eine lange, relativ eintönige Aufgabe, das Raumschiff zu steuern und zu betreuen. Die eintönige Routine ist für uns Androiden nur mit viel Gleichmut zu ertragen. Jeden Tag die gleichen Prozeduren, die gleichen Kontrollen der Mess- und Anzeigegeräte, die gleichen oder ähnlichen Eintragungen ins Bordbuch.

So vergehen Jahre, Jahrzehnte und Jahrhunderte oder gar Jahrtausende ohne nennenswertes Ereignis und ohne Abwechslung.

Freilich, der Sternhimmel zieht in stetem Strom vorbei, immer andere und fremde Sterne zeigen sich. Manchmal kommen wir leuchtenden Staubwolken nahe, Geburtsorte für neue Sterne aus den Resten der Schöpfung oder Zeugen von den gigantischen Überbleibseln einer Sternexplosion, einer Supernova.

Oder wir passieren seltsame Doppel- und Mehrfachsternsysteme, die sich in verschlungenen Bahnen umkreisen.

Gelegentlich durchfliegen wir solche Sonnensysteme und passieren exotische Planeten und bemerkenswerte Monde. Viele dieser Objekte sind gezeichnet vom Bombardement aus dem All, das mitunter schon seit Jahrmilliarden andauert.

Oder man entdeckt die offensichtlichen Wirkungen der Anziehungskraft großer Planeten und Sonnen auf die sie umkreisenden Trabanten, die ihre flüssigen Kerne und Oberflächen wie einen Brotteig walken.

Oft sind die Planeten stark abgeplattet, wenn sie hauptsächlich aus Gas bestehen, manchmal zeigen sie zwei sehr unterschiedliche Hälften, wenn sie ihrer nahen Sonne immer die gleiche Seite zuwenden. Eine Seite ist glühend heiß mit mehreren Hundert Grad, die andere Seite ist zu Eis erstarrt in der Kälte des Weltraums.

Manche dieser Sonnen sind Giganten wie unsere eigene Sonne *Stalata*, sogenannte Überriesen, die irgendwann – unsere Heimatsonne wohl schon bald – in einer Explosion, einer Supernova, enden werden. Und damit ihr gesamtes Planetensystem, wenn sie Planeten besitzen, in den Abgrund reißen.

Andere exotische Sonnen sind Weiße Zwerge, ausgebrannte, sehr alte Sterne, die auf Planetengröße geschrumpft sind, nachdem sie ihre leichten Elemente wie Wasserstoff und Helium in ihrem atomaren Feuer verbrannt haben. Wir stoßen etwa alle 20

Lichtjahre auf einen Vertreter diesen Typs, was zeigt, dass sie relativ häufig sind. Obwohl sie nur Planetengröße haben, ist ihre Masse immer noch gewaltig: Sie haben die Masse einer Sonne, die Materie dort ist extrem verdichtet. Ein Fingerhut Materie würde etwa eine Tonne wiegen.

Dabei profitieren wir von den Anziehungskräften solcher gewaltiger Sonnen und nutzen sie mit unserem Schwerkraftantrieb.

Selbstverständlich registrieren, messen und photographieren wir alle besonderen Objekte. Die Daten, die wir dabei gewinnen, werden den Wissenschaftlern unserer zukünftigen Heimat, der *Erde*, in hohem Maße von Nutzen sein.

Aber bei all diesen bemerkenswerten und manchmal sogar sensationellen Beobachtungen und Erkenntnissen wird uns bewusst, dass wir Menschen und Androiden nichts sind im Vergleich zum schier unendlichen All.

4 Ein mysteriöses Objekt

Bordtagebuch von *KATSI1*:

Bordzeit: 1508 Jahre, 178 Tage, 20 Stunden, 24 Minuten

Inertialzeit: 1574 Jahre, 237 Tage, 6 Stunden

Geschwindigkeit: 43,6 % Lichtgeschwindigkeit

Entfernung von *Stalata:* 393,2 Lichtjahre

Entfernung von Sonne: 326,8 Lichtjahre

Antrieb: 88 % Ionen-Antrieb, 10 % Sonnensegel, 2 % Gravitation

Texteintrag:
Vorbeiflug an einem mysteriösen Objekt

Entfernung: 33 Lichtmillisekunden

Scheinbare Helligkeit: 5 Magnituden

Größe: 30 Meter lang, mutmaßliche Dicke 16 Meter, Typ Ellipsoid mit Anbauten

Rotationsperiode: 3 Umdrehungen/Std.

Relativ-Geschwindigkeit zu uns: 2,7 m/s

Dauer der Beobachtung: andauernd

Aktivität: keine

Texteintrag, 11 Stunden später:

Nach Detektion eines unbekannten Objektes aus 1

Lichtminute Entfernung (etwa 18 Millionen km) erfolgte eine kontinuierliche Beobachtung. Das Objekt wurde mit Radar und Funk in verschiedenen Frequenzen angestrahlt. Es konnte kein Signal oder sonstige Reaktion, die man als Antwort interpretieren könnte, festgestellt werden. Es erfolgte auch keine Reaktion auf einen starken Positronenstrahl oder auf Lichtsignale in verschiedenen Spektralfarben. Es wurde das ganze elektromagnetische Spektrum von kurzwelliger Gammastrahlung über Röntgenstrahlung bis zum sichtbaren Licht angewendet.

Das reflektierte Echo unserer Ortungen hat folgendes ergeben:

Das Objekt ist eindeutig künstlichen Ursprungs. Darauf weist seine ebenmäßige Form und die Beschaffenheit der Oberfläche hin. Seine Oberfläche ist silbrig. Es wurden bisher keine Zeichen oder Beschriftungen entdeckt. Nach Auskunft der Datenbank hat es große Ähnlichkeit mit den verschollenen Raumschiffen, die in den letzten 5 Millionen Jahren von *Belatera* auf der Suche nach bewohnbaren Welten ausgesendet wurden.

5 Besuch eines Wracks

Das Objekt – es wurde als Raumschiff identifiziert - fliegt nahezu dieselbe Bahn wie wir. Wie wir feststellten, ist seine Bahn nur wenige Bruchteile eines Winkelgrades von der unseren abweichend. Eine Prognose seiner Bahndaten ergibt jedoch, dass es, wenn es seine Flugbahn beibehält, letztlich weit entfernt das Sonnensystem passieren würde. Als mutmaßliches Ziel hat sich das System *Eridanus* herausgestellt. Dies ist ein anderes Sonnensystem mit einigen Planeten, die aber, wir wir heute wissen, nicht geeignet für eine Besiedlung sind.

Es wird entschieden, das Raumschiff zu inspizieren. Dazu müssen ein paar unwesentliche Bahnkorrekturen vorgenommen und unsere Geschwindigkeit exakt an die des fremden Raumschiffs angepasst werden. Daraufhin wurde eine kleine Raumfähre mit drei Androiden zum Anflug auf das Objekt ausgesetzt.

Sie nähern sich vorsichtig dem fremden Raumschiff. Nach einigen Umrundungen finden sie die Außentüre. Ein ihnen sehr vertrauter Mechanismus dient zur Öffnung der Türen. Jetzt wird klar: Das fremde Raumschiff muss von *Belatera* stammen. Die Erkundenden betreten das Raumschiff und stellen fest, dass keine Lebewesen an Bord sind. Die Antriebseinheiten des Schiffs sind zerstört und unbrauchbar. Im Kontrollraum liegen fünf defekte Androiden, ihre

Elektronengehirne sind leer und zerschmolzen.

Die drei Androiden untersuchen die Computer des Schiffs und finden die Datenspeicher. Sie sind lesbar in vertrauter Kodierung. Nach diesen Daten handelt es sich um das Erkundungsraumschiff *HOLTA* von *Belatera*, das vor 120.300 Jahren (relativistische Eigenzeit 11.000 Jahre) ausgesandt wurde, um einen bewohnbaren Planeten zu finden.

Laut Eintragungen im Bordbuch sind keine positiven Funde an bewohnbaren Planeten gemacht worden. Es wurde die Galaxis "*Milchstraße*" durchsucht. Nach der Untersuchung von 399 Exoplaneten in verschiedenen Spiralarmen der *Milchstraße*, die jedoch keine ausreichenden Lebensmöglichkeiten boten, wurde die Erkundung nach 60224 Jahren (relativistische Eigenzeit 6012 Jahre) abgebrochen. Auf dem Rückweg nach *Belatera* geriet das Raumschiff in starke Turbulenzen durch Annäherung an ein Schwarzes Loch[17] im Zentrum der *Milchstraße*. Nur mit Mühe konnte ein Aufsaugen durch das *Schwarze Loch* vermieden werden, indem das Raumschiff sich

---

17 Schwarzes Loch - entsteht durch ungeheure Massenkonzentration eines Sterns, einer Materieansammlung oder eines Sternhaufens auf kleinstem Raum. Alles, was sich innerhalb einer Grenzentfernung – auch Ereignishorizont genannt – befindet, also sämtliche Materie, aber auch jegliche Strahlung und sogar das Licht wird unweigerlich eingesaugt. Nichts kann ein Schwarzes Loch verlassen, es ist von außen gesehen vollkommen unsichtbar (deshalb wird es Schwarzes Loch genannt).

außerhalb der kritischen Distanz manövrierte.

Durch diese Notmanöver traten unkontrollierbare Fluglagen mit Überlastung der Antriebssysteme für das Raumschiff auf. Die Geschwindigkeit erreichte durch die Annäherung an das *Schwarze Loch* 98 % der Lichtgeschwindigkeit. Beim ungesteuerten Abdriften und Durchfliegen von zentralen Bereichen der *Milchstraße* wurde an kollidierenden Sternen vorbeigeflogen, deren Anziehungskräfte das Schiff abwechselnd beschleunigten und abbremsten.

Ihre extreme Strahlung und der Ausstoß harter Gamma-Strahlung waren offensichtlich für den Tod der Androiden verantwortlich. Die Schutzschilde des Schiffs waren bei weitem nicht ausreichend für derartige Strahlenbelastungen.

Die Datenspeicher wurden durch unsere Androiden ausgebaut und nach *KATSI1* gebracht. Im Wrack wurde eine Botschaft hinterlassen:

"Erkundungsraumschiff *HOLTA*, gestartet vor 420.301 Jahren, wurde im Jahre 129.912.912 von dem Auswandererschiff *KATSI1* aus *Belatera*, System *Stalata*, *Orion*, entdeckt, besucht und geprüft. Die Datenspeicher des Schiffes wurden mitgenommen. Dieses Wrack hat das *Milchstraßensystem* auf der Suche nach bewohnbaren Planeten durchsucht und ist auf dem Rückweg durch ein Schwarzes Loch im Zentrum der *Milchstraße* aus seiner Bahn geworfen worden. Anschließend war es tödlicher Röntgen-

strahlung ausgesetzt. Die Besatzung von fünf Androiden ist dabei zerstört worden. Das Raumschiff
HOLTA wurde versiegelt und auf seiner ursprünglichen Flugbahn belassen. *KATSI1* ist auf dem Weg
zum Asylplaneten *Erde* im System *Sol*."

Nach dem Abkoppeln und Rückkehr zu *KATSI1*
wurde der ursprüngliche Kurs wieder aufgenommen.
Das Objekt verschwand in Richtung des Sternbildes
Eridanus.

Ende der Eintragung.

6 Eine Botschaft von *KATSI2*

Bordtagebuch von *KATSI1*:

Bordzeit: 1714 Jahre, 14 Tage, 14 Stunden

Inertialzeit: 1799 Jahre, 273 Tage, 18 Stunden

Geschwindigkeit: 37,8 % Lichtgeschwindigkeit

Entfernung von *Stalata*: 484,8 Lichtjahre

Entfernung von Sonne: 225,2 Lichtjahre

Antrieb: 92 % Ionen-Antrieb, 2 % Sonnensegel, 6 % Gravitation

Texteintrag:

Botschaft von *KATSI2* erhalten.

Text: Hallo *KATSI1*! Wir fliegen in 0,5 Lichtjahre Entfernung hinter euch. Geschwindigkeit 37,73 % Lichtgeschwindigkeit.

An Bord einige besondere Vorkommnisse. Ausfall der Solarsegel zu 70 %. Mutmaßliche Ursache: Staubbelag, Einschlag von Meteoriten und Mikrometeoriten, Reparatur aufwendig, aber möglich. Fliegen durch Region mit extremer Staubdichte. Ionentriebwerke deshalb auf 50 % Leistung reduziert. Werden Kurskorrektur einleiten, um in Region mit normaler Staubkonzentration von 0,26 Atome pro Kubikzentimeter zu gelangen. Holen Distanz zu *KATSI1* auf. Energiehaushalt normal. Alle Einheiten voll funktionsfähig.

Unregelmäßigkeit im Tiefschlaftrakt: Aufwachpro-gramm für Familie *Tsorr* konnte unterbunden wer-den. Ursache: Defekte Kontrolleinheit, wurde ausge-tauscht. Keine negativen Auswirkungen auf die Menschen.

Ende der Übertragung.

7 Die Passage von nahen Sternen

Bordtagebuch von *KATSI1*:

Bordzeit: 2722 Jahre, 122 Tage, 5 Stunden

Inertialzeit: 2838 Jahre, 355 Tage

Geschwindigkeit: 5,5 % Lichtgeschwindigkeit

Entfernung von *Stalata*: 715,6 Lichtjahre

Entfernung von Sonne: 4,4 Lichtjahre

Antrieb: 82 % Ionen-Antrieb, 12 % Sonnensegel, 6 % Gravitation

Texteintrag:

In einer Entfernung von 1,2 Lichtjahren sind wir an *Proxima Centauri* (P.C.) vorbeigeflogen. Das ist der nächste Stern zur Sonne mit 4,2 Lichtjahren Entfernung, seine absolute Helligkeit ist 15,5 mag. P.C. ist ein roter Zwergstern in einem Dreifachsystem. Drei Sonnen umkreisen einander auf unterschiedlichen Bahnen. Eine dieser Sonnen besitzt zwei Planeten, die diese Sonne in wenigen Tagen umkreisen. Beide sind ungeeignet für höheres Leben, da auf ihnen extreme Temperaturen herrschen. Wir haben sowohl Gravitation als auch Strahlung von P.C. als Brems-Antrieb genutzt, der Strahlungs-Energieanteil beträgt 11,3 % .

VIII - Im Sonnensystem

1 Eine Hülle um das Sonnensystem

Bordtagebuch von *KATSI1*:

Bordzeit: 2786 Jahre, 76 Tage, 14 Stunden

Inertialzeit: 2902 Jahre, 336 Tage

Geschwindigkeit: 3,3 % Lichtgeschwindigkeit

Entfernung von *Stalata*: 718,4 Lichtjahre

Entfernung von Sonne: 1,6 Lichtjahre (100000 AE)

Antrieb: 84 % Ionen-Antrieb, 10 % Sonnensegel, 6 % Gravitation

Texteintrag:
Wir haben den äußeren Rand der *Oortschen Wolke*[18] erreicht. Unser Ziel, das System *Sonne* wurde optisch und radiometrisch geortet.

Die Navigation erfordert große Aufmerksamkeit, da die Körperdichte hier am Rande des Sonnensystems größer ist als angenommen. Das System zur Kollisionsvermeidung wurde auf Phase 4 geschaltet. Es wurden mehrere Kurskorrekturen zur Vermeidung von Kollisionen nötig.

---

18 *Oortsche Wolke* - bezeichnet eine kugelschalenförmige Kometenwolke am Rande des Sonnensystems

Ein Körper mit 1030 km Durchmesser kreuzte unsere Bahn auf Kollisionskurs. Die errechnete Kollision ohne Korrektur würde in 3 Monaten stattfinden.

Ein Schwarm von ca. 55 gleichartigen Körpern in Tropfenform mit Durchmessern von etwa 22 km begegnete uns in sicherem Abstand. Ihre hohe Dichte von 7800 kg/m3 weist auf hohen Eisengehalt hin.

Ein weiterer Asteroid begegnete uns in 12000 km Entfernung auf einer stark elliptischen Bahn. Beim Vorbeiflug kann die Beschaffenheit genau festgestellt werden: Er besteht völlig aus Wassereis, es ist ein massiver Brocken von 12 km Länge, 8 km Dicke, ein eisiger, gigantischer Schneeball!

2 Der 9. Planet

Bordtagebuch von *KATSI1*:

Bordzeit: 2785 Jahre, 276 Tage, 4 Stunden

Inertialzeit: 2901 Jahre, 220 Tage

Geschwindigkeit: 3,295 % Lichtgeschwindigkeit

Entfernung von *Stalata*: 718,5 Lichtjahre

Entfernung von Sonne: 1,5 Lichtjahre (100000 AE)

Antrieb: 82 % Ionen-Antrieb, 15 % Sonnensegel, 3 % Gravitation

Texteintrag:

Im System der Sonne existieren mehrere große, nicht selbst leuchtende Himmelskörper. Unsere Instrumente stellen fest, dass ihre meist kreisähnlichen Bahnen konzentrisch um die Sonne angeordnet sind, es sind die Planeten dieses Sonnensystems. Während die Mehrzahl ihrer Bahnen nur sehr wenig von der Kreisform abweicht, sind zwei Planetenbahnen, nämlich die des sonnennächsten Planeten Merkur und die des sonnenfernsten Planeten Ellipsenbahnen mit merklicher Exzentrizität[19].

---

19 Numerische Exzentrizität - e (0 … 1) gibt die Abweichung einer Ellipsenbahn mit Halbachse a und b von der Kreisbahn an. e = 0 bedeutet Kreis, e =1 bedeutet entartete Ellipse = Parabel. Formel: e = $\sqrt{a^2 - b^2}/a$

Besonders die Bahn des sonnenfernsten Planeten stellt eine sehr lang gezogene Ellipse dar. Wie unsere Messungen ergeben, handelt es sich bei diesem äußersten der großen Körper um einen Gasriesen von etwa 10 Erdmassen und dem 4-fachen Erddurchmesser. Die Exzentrizität der Bahn beträgt 0,6 und seine große Halbachse misst 650 AE. Ein Umlauf um die Sonne dauert 17100 Jahre, Die Bahnneigung gegenüber der Ekliptik (Ebene des Sonnensystems) beträgt 18 Grad.[20]

---

20 9. Planet - Die Daten sind aus Wikipedia entnommen, wo auf theoretische Annahmen und Modellrechnungen Bezug genommen wird. Im Jahr 2021 ist seine Existenz aus himmelsmechanischen Gründen zu etwa 80 % wahrscheinlich, aber er ist noch nicht entdeckt worden.

3 Eine gefährliche Begegnung

Bordtagebuch von *KATSI1*:

Bordzeit: 2808 Jahre, 105 Tage, 18 Stunden

Inertialzeit: 2925 Jahre

Geschwindigkeit: 2,55 % Lichtgeschwindigkeit

Entfernung von *Stalata*: 719,04 Lichtjahre

Entfernung von Sonne: 0,86 Lichtjahre

Antrieb: 81 % Ionen-Antrieb, 13 % Sonnensegel, 6 % Gravitation

Texteintrag:
Die angekündigte Kollision mit einem großem Körper auf einem gefährlich nahen Kurs konnte vermieden werden. Die Bahndaten zeigen, dass es sich um einen sehr kleinen Planetoiden handelt, ein helles Objekt, das hier am Rande des Sonnensystems kreist. Sein geringster Abstand zu uns: 300000 km. Seine Anziehungskraft ist enorm hoch, ungewöhnlich für ein Objekt seiner Größe. Wir erfahren eine spürbare Auswirkung seiner enormen Gravitation auf unsere Bahn.

Die Analyse der Natur des Körpers ergibt: Es handelt sich um ein ellipsoid-ähnliches Gebilde, seine Radien betragen 551 und 329 Meter, es hat eine gelb glänzende, glatte Oberfläche. Im Teleskop sind mehrere größere Einschlagskrater von mehreren Metern

Durchmesser zu erkennen. Das Objekt rotiert und taumelt mit cirka 1,3 Umdrehungen in der Stunde. Die Relativgeschwindigkeit zu uns beträgt 225 km/s. Seine Absolutgeschwindigkeit hat den Wert von 0,01 % der Lichtgeschwindigkeit, also etwa 30 km/s. Eine Schätzung der Dichte aufgrund der Gravitation resultiert in 19,302 g/cm^3 ,somit besteht der Körper zu 100 % aus purem Gold. Erstaunlich!

Wir haben vorsorglich seine Bahndaten erfasst, denn vielleicht ist dieser riesige Goldklumpen ja dereinst von wirtschaftlichem Interesse und die *Erde* möchte ihn ausbeuten.

4 Am Rande des Sonnensystems

Bordtagebuch von *KATSI1*:

Bordzeit: 2823 Jahre, 125 Tage, 8 Stunden

Inertialzeit: 2940 Jahre

Geschwindigkeit: 2,04 % Lichtgeschwindigkeit

Entfernung von *Stalata*: 719,4 Lichtjahre

Für die Entfernung zur Sonne wird ab jetzt statt Lichtjahr eine andere Einheit verwendet, die Astronomische Einheit[21].

Entfernung von Sonne: 0,00094875 Lichtjahre oder 60 AE

Antrieb: 79 % Ionen-Antrieb, 15 % Sonnensegel, 6 % Gravitation

Texteintrag:

Kuipergürtel[22] ist erreicht

Ein unbekannter Kleinplanet wird in 0,01 Lichtjahr Entfernung zur Sonne entdeckt. Die Größe des Kleinplaneten beträgt 555 km Durchmesser, seine

---

21 1 Lichtjahr - 63241,077 Astronomische Einheiten (AE).
    1 AE - mittlere Entfernung *Erde-Sonne* = 149597870,700 km

22 *Kuipergürtel* - eine ringförmige, relativ flache Region, die sich im Sonnensystem außerhalb der Neptunbahn in einer Entfernung von bis zu 60 Astronomischen Einheiten (AE) erstreckt.

Gestalt ist eine perfekte Kugel.

Massen- und Radiosignalanalysen zeigen die Anwesenheit von hunderten, wenn nicht gar tausenden von solchen Kleinplaneten in einem scheibenförmigen Ring um die Sonne in Abständen zwischen 30 und 50 Astronomischen Einheiten.

Die *Sonne* wird genauer spektrometrisch untersucht. Die Ergebnisse der Untersuchung ergeben, dass es sich um einen Sterntyp G3 der Hauptreihe[23] handelt. Seine Oberflächentemperatur beträgt 5660 Grad, es ist damit ein sogenannter weißer Zwerg. Die voraussichtliche Lebenszeit liegt bei 5 Milliarden Jahre.

---

23 Hauptreihe – die Mehrzahl der Sterne lässt sich im Hertzsprung - Russell - Diagramm von Helligkeit und Farbklasse in einem zusammenhängenden Band anordnen

5 Der Vorbeiflug an den Planeten

Bordtagebuch von *KATSI1*:

Bordzeit: 2994 Jahre, 12 Tage, 3 Stunden

Geschwindigkeit: 0,008 % Lichtgeschwindigkeit

Entfernung von *Stalata*: 719 Lichtjahre

Entfernung von Sonne: 4,5 Milliarden km (1 Lichtjahr)

Antrieb: 76 % Ionen-Antrieb, 18 % Sonnensegel, 6 % Gravitation

Die *Sonne* ist jetzt einer der hellsten Fixstern mit einer scheinbaren Helligkeit von -3 *mag*. Der Strahlendruck der *Sonne* wird messbar und trägt ab jetzt zur Abbremsung bei.

Texteintrag:

Uns bietet sich eine seltene Planetenkonstellation: Die Planeten sind in einem Sektor von 30 Grad in Richtung unseres Anflugs entlang einer Linie aufgereiht. Dies trifft äußerst selten ein, nach einer vorläufigen Analyse unseres Computersystems nur alle paar hundert Jahre. Aktuell sind *Neptun*, *Uranus*, *Saturn*, *Jupiter* und *Mars* beteiligt.

Der äußerste Planet wird erreicht, es ist ein Gasplanet von blauer Farbe, sein irdischer Name ist *Neptun*. Er hat einen Durchmesser von circa 49500 km, seine Entfernung von der *Sonne* beträgt 30 AE, seine

Umlaufzeit dauert 165 Jahre. Wir passieren ihn in 2 Millionen km Entfernung. Die Anzahl der entdeckten Monde ist 14, sein Gravitationseinfluss ist gering, zirka 1 %.

Bordzeit: 2996 Jahre, 180 Tage, 5 Stunden

Entfernung zur *Sonne*: 2,9 Milliarden km

Texteintrag:
Wir haben die Bahn des Planeten *Uranus* erreicht, er ist ebenfalls ein Gasplanet von hellblauer Farbe. Er hat einen Durchmesser von etwa 51000 km, sein Abstand zur *Sonne* beträgt 19 AE und seine Umlaufzeit etwa 84 Jahre. Die Passage erfolgt in 22 Millionen km Abstand. Die Anzahl der entdeckten Monde beträgt 27. Seine Gravitation ist merklich, 3 % Kraftwirkung.

Bordzeit: 2997 Jahre, 20 Tage, 22 Stunden

Entfernung zur *Sonne*: 1,43 Milliarden km

Antrieb: Bremsenergie durch Gravitation: 6 %.

Abnahme der Staubkonzentration merklich bei 30 %

Texteintrag:
Unser Schiff hat die Nähe des Planeten *Saturn* erreicht, er hat eine hellgelbe Farbe und eine dichte Gasatmosphäre mit Bandstruktur. Er hat einen Durchmesser von 120500 km, sein Abstand zur *Son-*

ne beträgt 10 AE und seine Umlaufzeit etwas mehr als 29 Jahre.
Nahe Passage in 20 Millionen km. Wir können 82 Monde entdecken. Ein unglaublich großer, filigraner Ring von fast einer Million km Durchmesser um den Planeten ziert diesen Himmelskörper. Dies ist recht selten im Universum, die Aufzeichnungen in unseren Archiven verzeichnen nur 67 Planeten mit ähnlichen Ringsystemen in anderen Sternsystemen.

Bordzeit: 2998 Jahre, 104 Tage, 2 Stunden

Entfernung zur *Sonne*: 778 Millionen km

Texteintrag:
Die Bahn des Riesenplaneten *Jupiter* wird erreicht. Er ist der größte Planet im System.
Er hat einen Durchmesser von 143000 km, sein Abstand zur *Sonne* beträgt 5,4 AE und seine Umlaufzeit fast 12 Jahre. Es herrscht ein merklicher Gravitationseinfluss bei der Passage in 10 Millionen km Entfernung. Die Bremswirkung durch Gravitation erreicht 70 %. *Jupiter* hat eine Gasatmosphäre mit ausgeprägter, gelb-roter Bandstruktur, hervorgerufen durch Stürme auf der Planetenoberfläche, die Geschwindigkeiten von 550 km/h erreichen.

Außergewöhnlichstes Phänomen ist der "*Große Rote Fleck*", ein gigantischer Wirbelsturm mit einem Durchmesser von etwa 25000 km Durchmesser. Die Anzahl der entdeckten Monde beträgt 79.

6 Im Asteroidengürtel

Bordtagebuch von *KATSI1*:

Bordzeit: 2999 Jahre 70 Tage, 17 Stunden

Geschwindigkeit: 102 km/s

Entfernung zur *Sonne*: 2,8 AE

Antrieb: Solarsegel Bremswirkung 16 %, Ionentriebwerksbremse 84 %

Texteintrag:

Erstes Objekt im Asteroidengürtel[24] passiert, irdischer Name *Ceres* mit 964 km Durchmesser. Entfernung 44 Millionen km.

Bordzeit: 2999 Jahre, 211 Tage, 18 Stunden

Geschwindigkeit: 100 km/s

Antrieb: Solarsegel Bremswirkung 16 %, Ionentriebwerksbremse 84 %

Texteintrag:

Nahezu Kollision mit kleinem Objekt, Größe 2300 m, unregelmäßige Form.

---

24 Asteroidengürtel - eine große Ansammlung (ca. 1 Million) von Asteroiden zwischen Mars- und Jupiterbahn. Die größten Vertreter sind Ceres (964 km), Pallas (546 km) und Vesta (515 km)

Distanz 110 m

Ursache der Beinahekollision unbekannt.

Bordzeit: 3000 Jahre 10 Tage, 7 Stunden

Geschwindigkeit: 40 km/s

Antrieb: Solarsegel Bremswirkung 36 %, Ionentriebwerksbremse 64 %

Texteintrag:

Planet *Erde* im Visier, blaue Farbe. Wir senden Funkspruch zur *Erde*: "Hallo *Erde*, wir kommen. Hier ist *KATSI1*, Raumschiff von *Belatera*".

7 Die *Erde* antwortet

Bordtagebuch von *KATSI1*:

Bordzeit: 3000 Jahre 11 Tage, 3 Stunden

Geschwindigkeit: 35,9 km/s

Antrieb: Solarsegel Bremswirkung 37 %, Ionentriebwerksbremse 63 %

Texteintrag:

Antwort von *Erde/European Extremely Large Telescope* (*E-ELT*) in *Chile*: "Hallo *Belatera*. Wir haben euch schon entdeckt. Wir erwarten eure Ankunft in 350 Tagen. Frohe Erwartungen!"

Bordzeit: 3000 Jahre 170 Tage, 17 Stunden

Geschwindigkeit: 26 km/s

Antrieb: Solarsegel Bremswirkung 40 %, Ionentriebwerksbremse 60 %

Texteintrag:

Entfernung zur *Erde* 101 Millionen km. Planet *Mars* in nahem Vorbeiflug passiert. Haben die Station *Mars 2* in *Syrtis Major* entdeckt. Von der Station wurden 3 Lichtblitze in 5 Sekunden Abstand ausgesendet. Die beiden kleinen Monde *Phobos* und *Daimos* sind eindeutig zu erkennen.

Empfang einer Funkbotschaft: "Hallo *KATSI1*. Grüße und Willkommen von der Marsstation mit ihren 20 Bewohnern. Wir wünschen weiterhin erfolgreichen Flug!"

Bordzeit: 3000 Jahre 361 Tage, 10 Stunden

Geschwindigkeit: 12 km/s

Antrieb: Solarsegel Bremswirkung 50 %, Ionentriebwerksbremse 50 %

Texteintrag:

Entfernung zur *Erde* 2 Millionen km. Die *Erde* strahlt eindrucksvoll mit dem dunklen Blau der Ozeane, mit leuchtend weißen Wolken und gelbbraunen Kontinenten. Wir entdecken *Australien*, unsere zukünftige Heimat.

Bordzeit: 3000 Jahre 363 Tage, 2 Stunden

Geschwindigkeit: 1,5 km/s

Entfernung zur *Erde*: 610000 km

Antrieb: Solarsegel Bremswirkung 1 %, Ionentriebwerksbremse 99 %

Texteintrag:

Passage am *Mond* der *Erde*, 3000 km Distanz. Beeindruckend!
Bereiten Einschwenken in geostationäre Umlauf-

bahn um die *Erde* vor mit folgenden Daten:

Kreisbahnradius 42157 km (Abstand zur Oberfläche etwa 35880 km

Bahngeschwindigkeit 3,075 Kilometer pro Sekunde (km/s) (= 11.070 km/h)

Inklination 0 Grad zum Äquator, Standort über *Ostafrika.*

Andauernder Funkverkehr mit *Erde.* Unsere Kontaktperson *Sisa* meldet sich: "Ich freue mich, euch als erste begrüßen zu dürfen. Ihr habt es fast geschafft, zur *Erde* zu gelangen. Nur noch wenige Tage bis zum Empfang am Boden."

Bordzeit: 3000 Jahre, 365 Tage, 2 Stunden

Geschwindigkeit: 3,075 Kilometer pro Sekunde

Entfernung zur *Erde*: 35880 km

Antrieb: abgeschaltet

Texteintrag:

Geostationäre Kreisbahn um *Erde* erreicht. Beginn des Weckprogramms für erste Passagiere.

8 In der Erdumlaufbahn

Das Raumschiff *KATSI1* ist abgebremst und hat die für einen geostationären Erdorbit erforderliche Geschwindigkeit von ca. 3,075 km/s (das sind 11070 km/h) parallel entlang des Äquators erreicht. Diese Umlaufbahn in etwa 35800 km Höhe und mit einer Umlaufzeit von 24 Stunden liegt genau wie die Bahnen der Kommunikationssatelliten der internationalen Gemeinschaft außerhalb der Erdatmosphäre und scheinbar über einem Punkt der Erdoberfläche still stehend. Die Bahnneigung gegen den Äquator beträgt 0 Grad und der Standpunkt ist so gewählt, dass der Kontinent *Australien* in der kürzest möglichen Zeit für einen Landeanflug erreicht werden kann.

An Bord wird nun alles darauf vorbereitet zur Landung. Natürlich wird nicht das große Raumschiff landen, dazu ist es nicht gebaut, sondern es wird das mitgebrachte Landeraumschiff eingesetzt. Es ist außen am Raumschiff angebracht und muss nun vorbereitet werden. Dazu werden umfangreiche Tests durchgeführt, um festzustellen ob es unbeschädigt ist und ob es tadellos funktioniert. Es kann etwa 400 Passagiere befördern. Dieses Landeraumschiff ist für eine Landung auf Planeten wie der *Erde* gebaut: Es sieht aus wie ein Flugzeug mit Tragflächen, mit denen es in einer dichten Atmosphäre manövrieren kann. Zudem besitzt es Steuer- und Bremsdüsen, die zum Abbremsen dienen.

Um nun auf der *Erde* zu landen, muss dieses Lande-raumschiff aus dieser Umlaufgeschwindigkeit abge-bremst werden, so dass es sich der *Erde* nähern kann. Da dies ja nicht senkrecht nach unten möglich ist, dauert ein Landeanflug, der fast um ein Drittel der *Erde* herum führt, etwa 8 Stunden. Dass der Lande-platz in *Australien* nicht auf dem Äquator, sondern in etwa 34 Grad südlicher Breite liegt, ist natürlich bei der Berechnung der Landekurve zu berücksichti-gen, aber für die fortschrittliche Technik der Raum-schiffe kein wirkliches Problem. Der erforderliche Bremsschub ist eben ein wenig höher als wenn nur entlang einer Bahn entlang des Äquators gelandet werden würde.

9 Die Raumfahrer erwachen

Wie gesagt, das Landeraumschiff fasst nur etwa 400 Menschen und es dient dazu, sie sicher auf die Erdoberfläche zu befördern. Bei den 20000 Menschen an Bord werden also ca. 50 Flüge nötig werden. Da jeder Flug etwa 10 Stunden in jede Richtung benötigt, wird es etwa 42 Tage dauern, alle Insassen zur *Erde* zu bringen.

Eine genaue Planung zum Auftauen der im Tiefschlaf liegenden Insassen ist nötig. Jeweils 400 Personen erwachen langsam. Nach einer kurzen Phase der Benommenheit nach dem Tiefschlaf dürfen sie ihre Kabinen verlassen, Wie sind sie erstaunt und erfreut, als sie ihren ersten Blick auf die unter ihnen liegende *Erde* werfen können. Mit   lachenden Gesichtern und begeisterten Worten geben sie ihrer Freude Ausdruck, angekommen zu sein. Nach und nach holen sie ihre wenigen privaten Andenken und ihr kleines Gepäck und besteigen die Landefähre.

Die Androiden an Bord haben die erforderlichen Daten, wie Bahnparameter, Landeort und die Massendaten der *Erde* und die Dichte der Lufthülle in die Computer eingegeben. Aus der Kreisbahngeschwindigkeit von etwa 10800 km/h muss nun abgebremst werden, um zur Erdoberfläche zu gelangen. Auf ein Kommando hin setzen die Bremsdüsen ein und bremsen das Landeschiff im richtigen Winkel ab. Bei einer Geschwindigkeit von etwa 9000 km/h dreht sich das Raumschiff erneut, zeigt nun mit der Spitze in Flugrichtung. Nun beginnt die zunehmend dichter werdende Erdatmosphäre, das Landeschiff durch Reibung abzubremsen. Dadurch heizt sich die Außenhülle, die aus einem sehr fortschrittlichen feuerfesten Material gefertigt ist, stark auf. Es werden fast 1000 Grad Hitze erreicht.

Ab einer Höhe von etwa 100 km über der Erdoberfläche beträgt die Geschwindigkeit nur noch etwa 2000 km/h und das Landeschiff nimmt eine aerodynamisch wirkungsvolle Fluglage ein und beginnt nun mit seinen Flügeln die Flugbahn wie ein Flugzeug zu steuern. Dabei muss natürlich die Bewegungsenergie weiter verringert werden, um schließlich mit eine Geschwindigkeit von ca. 350 km/h auf einer befestigten Landebahn eines Flugplatzes zu landen.

IX - Ein Anfang in *Australien*

1 Willkommen

Am internationalen Flughafen von *Sydney* hat sich eine riesige, unüberschaubare Menschenmenge eingefunden. Seit vielen Tagen sind die Besucher aus allen Teilen Australiens, aber auch der übrigen Welt, angereist, um die Sensation hautnah mitzuerleben: Die baldige Ankunft der Außerirdischen aus *Belatera* vom Sternbild *Orion*.

Auf großen Flächen vor der Stadt sind Zeltstädte eingerichtet worden und natürlich sind alle Betten in Gasthöfen, Privatquartieren und Hotels restlos ausgebucht. Zahlreiche Busse, Taxis und Autos sind bereit gestellt worden, um die Schaulustigen von der Peripherie ins Zentrum und zum Flughafen zu transportieren. Um die vielen Leute unterzubringen, sind Tribünen und Videoleinwände aufgebaut worden. Alle wollen dabei sein! Alle wollen das miterleben, wenn ein Raumschiff von einem anderen Sternensystem mit vielen Außerirdischen auf der *Erde* landet. Das größte Ereignis der neueren Menschheitsgeschichte wird hier vor ihren Augen seinen Lauf nehmen. Was für eine Sensation!

Seitdem der erste Kontakt mit dem anfliegenden Sternenschiff stattgefunden hat, seitdem ihre Ankunft vorhersehbar war, seitdem überschlagen sich

211

die Nachrichten in Zeitungen, Fernsehen, Büchern. Die Medien sind voll mit Berichten von den Außerirdischen und die Schlagzeilen versuchen sich zu übertreffen!

Die Außerirdischen kommen!

Raumschiff nähert sich der Erde!

Wir bekommen Besuch!

Viele Gerüchte haben in den letzten Wochen und Monaten vor der Ankunft die Runde gemacht: Über die Anzahl der Ankömmlinge, die Spekulationen reichten von wenigen Hundert bis zu einigen Millionen, über die Größe und Zahl der Raumschiffe. Ist es ein einziges oder gar eine ganze Flotte von vielleicht zwanzig? Über die Größe und das Aussehen der *Belateraner*, von Zwergenwuchs bis zu Riesen sind die Vermutungen gegangen, und dass sie wahrscheinlich nur entfernt menschenähnlich seien. Und nicht zuletzt über ihre außergewöhnlichen Fähigkeiten wird spekuliert: Sie könnten durch Wände gehen, sie könnten hundert Meter weit und hoch springen, sie wären weitaus klüger als die größten Genies der Menschheit, sie können Gedanken lesen, sie könnten fliegen und würden hunderttausend Jahre alt werden.

So sind die Presse und die Medien voll mit wahren und fantastischen Berichten, die sich alle den Anschein der Richtigkeit geben und mit denen die Aufmerksamkeit der Bevölkerungen rund um den Globus wachgehalten wird. Die Medien sind überall präsent und ihre Geschäfte laufen glänzend. Insgesamt aber ist das Bild, das von den Außerirdischen im Umlauf ist, ein durchaus positives. Allgemein wird wohlwollend vermerkt, dass es die Pflicht und auch der gemeinsame Wunsch der Menschen ist, diese Ankömmlinge freundschaftlich und fair aufzunehmen. Insgesamt eine durchaus positive Stimmung.

Je näher die beiden Raumschiffe der *Erde* kommen, um so detaillierter sind die Informationen über sie, die der Welt mitgeteilt werden.

Es handelt sich um zwei große Raumschiffe mit den Namen *KATSI1* und *KATSI2*, es sind jeweils etwa 20000 Menschen an Bord und die Raumschiffe werden von Androiden gesteuert, die Menschen befinden sich noch im Tiefschlaf. Sie werden erst kurz nach dem Erreichen der Erdumlaufbahn aufwachen und dann nacheinander mit den Landeschiffen zur *Erde* gebracht.

Aber auch sämtliche Präsidenten, Kanzler und Vorsitzende der Staatsführungen aller Länder der *Erde* sind vollzählig in *Australien* am Landeort versammelt. Selbst aus den entlegensten Ländern sind die Mächtigen angereist. Sie wollen, nein, sie müssen dabei sein, wenn die *Erde* Menschen aus einem anderen, fernen Sternensystem begrüßt.

2 Die Landung

Heute, am 7. August 2038, ist die Landung des ersten Schiffes mit Außerirdischen angekündigt.

Hier in *Australien* ist es gerade um 10:22 Uhr Eastern Standard Zeit, in *Europa* und in *Südafrika* ist es gerade 2 Uhr früh, in *New York* erst 20 Uhr des Vortages und in *Tokio* 9 Uhr.

Wie bekannt wurde, können die beiden großen Raumschiffe der Stellaner nicht auf der *Erde* landen. Bei dieser Art von interstellaren Raumschiffen, die derart viele Menschen beherbergen, ist eine Anwendung von Antigravitationstechniken, wie es beispielsweise bei Erkundungsschiffen üblich ist, nicht eingebaut.

Also werden die Leute aus den Raumschiffen mit jeweils einem Landungsschiff zur *Erde* transportiert. Dieses ist äußerlich ähnlich dem *Space Shuttle* der Amerikaner, das zwischen den Jahren 1981 und 2011 insgesamt 135 Mal eingesetzt wurde. Wie dieses besitzen die Landeschiffe der Außerirdischen kleine Raketentriebwerke zum Verlassen der Umlaufbahn, ein Hitzeschild zum Abbremsen in der Erdatmosphäre und kurze Tragflügel zum Manövrieren und Landen in den unteren Luftschichten. Sie können wie ein Flugzeug in einem begrenzten Radius auf einer Landebahn eines Flugplatzes landen.

So weit die Ähnlichkeiten. Viel bedeutender aber ist

der große Unterschied: Dieses Landeschiff kann nicht nur 7 Menschen fassen wie das *Space Shuttle*, sondern pro Flug 400 Menschen befördern wie ein großes Passagier-Langstreckenflugzeug. Es werden also insgesamt 100 Flüge in den nächsten Tagen nötig sein, um alle Passagiere der beiden Sternenschiffe zur *Erde* zu bringen. Da ja von zwei Raumschiffen die Passagiere zur *Erde* gebracht werden, und etwa ein Flug pro Tag stattfinden kann, sind also insgesamt wohl noch 50 Tage nötig, um alle sicher zur *Erde* zu bringen.

Aber zurück zu diesem Vormittag. Die Stimme des Mediensprechers dröhnt über das Flugfeld: "Die Endphase der Landung hat begonnen. Soeben wird gemeldet, dass ein Landeschiff vom Raumschiff *KATSI1* mit 400 Menschen an Bord vor 5 Stunden vom Raumschiff abgelegt hat. Es wird in ca. 4 Stunden hier landen. Dazu muss es seine Kreisbahngeschwindigkeit abbremsen, was mittels eines Hitzeschildes geschieht. In der letzten Phase wird es wie ein Flugzeug auf dem Flugfeld landen."

Nun sind die Leute ganz aufgeregt und fiebern der Landung entgegen. Laute Musik vertreibt die Zeit und viele stärken sich an den zahlreichen Imbissstuben am Rande des Flugfeldes.

Endlich, am Nachmittag ist es soweit. Der Sprecher meldet: "Das Landeschiff hat seinen aerodynamischen Anflug begonnen. Derzeitige Position: Überflug der Westküste Australiens, Entfernung 3800 km, Höhe 100 km. Geschwindigkeit 2000 km/h, Ankunft in 2 Stunden."

"Was, noch mal 2 Stunden bis zur Landung!", so machen viele Wartende ihrer Enttäuschung Luft. Einige, die mit kleinen Kindern zum Schauen gekommen sind, wenden sich ab und wollen nach Hause: "Da kann ich es ja im Fernsehen bequemer anschauen. Die Kinder sind müde. Lass uns heim fahren!"

Aber die große Mehrheit harrt weiter aus und versucht sich die Wartezeit so gut es geht zu vertreiben. Picknick wird ausgepackt, Kinder und Hunde rennen umher und an manchen Stellen haben sich Spielrunden gebildet, die ein Ballspiel, Schach, ein Brettspiel oder eine Knobelei gemeinsam spielen.

Endlich! Eine Stimme aus dem Lautsprecher verkündet: "Achtung! Das Landeschiff kommt in fünf Minuten von Westen heran geschwebt. Haltet euch von der Landebahn 3 fern. Endlich ist die Landung in Sicht!"

Ja, und tatsächlich, nach fünf Minuten ist das Geräusch eines nahenden Flugzeugs zu hören. Ein gewaltiges Dröhnen und Pfeifen schwillt an, dann schwebt majestätisch das Landeschiff heran. Es ist gewaltig groß, völlig schwarz gefärbt und etwas fremdartig geformt. Es setzt auf, wird abgebremst und langsamer. Dann kommt es vor der großen Tribüne zum Stillstand. Am Bug und der Unterseite wabert die Luft, denn an diesen Stellen ist das Schiff noch glühend heiß von der Lufttreibung. Einige Minuten vergehen in gespannter Aufregung.

Eine Gangway wird an das Raumschiff herangefahren, Lautsprecher und Mikrofone werden eingerichtet, Fernsehkameras und Bildreporter positionieren sich. Dann endlich öffnet sich langsam die Türe des Flugzeugs. Einige Sekunden vergehen, und jetzt regt sich etwas an der Luke. Endlich, eine Gestalt erscheint. Es ist eine Frau mit einem kleinen Kind auf dem Arm. Unsicher winkt sie mit der Hand. Frenetischer Jubel brandet von den Menschen auf. "Sie sind da! Sieh nur, wie menschlich sie aussieht! Und das kleine Kind ist ganz süß! Willkommen!"

Hinter der Frau drängen jetzt weitere an die Öffnung des Flugzeugs und blicken auf die Menschenmenge herab. Sie rufen in ihrer Sprache etwas in die Menge. Der Sprecher des Flughafens hat eine Übersetzungseinheit bekommen und so kann die Menge hören, was die Frau sagt: "Wir Menschen von *Belatera* grüßen die Erdbewohner und sind voller Dankbarkeit, bei euch Aufnahme zu finden. Es ist ein Tag der Freude und für uns von allergrößter Wichtigkeit. Wir stehen unendlich in der Schuld der Menschen."

Sie kommt nun die Treppe herunter und hinter ihr folgen in stetem Strom die anderen *Belateraner*.

3 Die Begrüßung

Sisa ist natürlich mit *Lisa*, *Jonas* und *Chu Fur* in der ersten Reihe der Repräsentanten, die zur Begrüßung der Außerirdischen Aufstellung genommen haben.

Als alle 400 Passagiere ausgestiegen sind und sich am Fuße der Gangway versammelt haben, tritt *Sisa* vor und hebt in der Sprache der Außerirdischen an, die ja auch ihre Muttersprache ist: "Willkommen, willkommen auf der *Erde*, in eurer neuen Heimat *Australien*! Ich darf mich vorstellen. Mein Name ist *Sisa*, ich bin vor 3 Millionen Jahren von *Belatera* aufgebrochen und lebe seit 3 Jahren hier auf diesem wundervollen Planeten, der *Erde*. Ich habe mit euch den Kontakt aufgenommen und euch vor 3000 Jahren eingeladen, hierher auszuwandern. Die *Erde* wird auch eure neue Heimat werden, denn die Menschen wünschen sich nichts so sehr, als dass ihr hier heimisch werdet und euer schweres Schicksal überwindet. Wir haben alles für eure Ankunft vorbereitet. Es wird euch an nichts fehlen. Wir bemühen uns, euch alle Wünsche zu erfüllen. Ihr sollt euch hier in *Australien* wohl fühlen und euer Leben neu aufbauen. Wir werden euch mit allen Mitteln dabei helfen.

Hier an meiner Seite sind *Chu Fur*, ein Bürger aus *Belatera*, der vor 4400 Jahren zur *Erde* kam, und meine beiden Freunde *Lisa* und *Jonas*. Sie werden euch in der nächsten Zeit mit Rat und Tat zur Seite stehen, um eure Eingewöhnung hier zu unterstützen."

Die Ankömmlinge rufen laut durcheinander, aber *Sisa* bremst sie: "Für eure tausend Fragen ist später noch genug Zeit, jetzt möchten euch die Vertreter der *Erde* und der Präsident Australiens begrüßen. Bitte Herr Generalsekretär!"

Der Generalsekretär der Vereinten Nationen, *Pietro Cantos* aus Costa Rica, tritt vor an die Mikrofone: "Auch von mir im Namen der gesamten Erdbevölkerung, deren Repräsentant ich bin, ein herzlicher Willkommensgruß. Und ich möchte meinen Dank aussprechen, dass ihr wohlbehalten angekommen seid. Ja, wir freuen uns, euch in unserer Mitte begrüßen zu dürfen."

Er macht eine kurze Pause, um der Übersetzungsmaschine Zeit zu geben. Die Ankömmlinge lauschen mit freudigen Gesichtern den warmen Worten, dann antwortet ihr Ältester: "Dank an euch hier auf der *Erde* für euren Großmut, uns aufzunehmen. Wir werden das niemals vergessen. Als kleine Geste unserer Dankbarkeit möchten wir euch eine holografische Aufnahme des berühmtesten musikalischen Werkes aus der Blütezeit unserer Kultur auf *Belatera* überreichen."

Damit reicht er dem Generalsekretär eine kleine Kassette. Beide schütteln sich die Hände und dann umarmt Generalsekretär *Cantos* den Ältesten.

Jetzt tritt *Sisa* noch mal nach vorne und fragt: "Ist

meine Gesprächspartnerin, die *Karila* bei euch dabei? Ich möchte sie endlich auch von Angesicht sehen und sprechen, nachdem ich mich bisher ja nur mental mit ihr unterhalten habe." Sie blickt neugierig in die Menge der *Belateraner*.

Bei denen entsteht Bewegung und eine Jugendliche drängt nach vorne. "Hier, ich bin *Karila*!"

Die beiden blicken sich lange an, dann umarmt *Sisa* sie und ruft: "Sei willkommen *Karila*, ich freue mich so, dass du hier bist, dass du gerettet bist!"

Jetzt drängen auch *Aftilis* und *Mirati* nach vorne und wollen sich mit *Lisa* und *Jonas* bekanntmachen. Voller Herzlichkeit und aufrichtiger Zuneigung begrüßen sie sich. *Jonas* ist ganz außer sich vor Freude, er schnappt sich ein Übersetzungsgerät: "Elend mega toll, euch wirklich zu sehen, das ist unglaublich, dass ihr jetzt wirklich hier bei uns angekommen seid. Wir werden zusammen viel Spaß haben."

Nun beginnt ein allgemeines Umarmen und Begrüßen, die bereitstehende Musikkapelle beginnt im Hintergrund zu spielen und alle wollen natürlich mit *Sisa* und *Chu Fur* ein paar Worte in ihrer Sprache wechseln.

Nach einer knappen Stunde ebbt die Feier langsam ab und *Sisa* regt an: "Aber jetzt kommt, lasst uns zum Empfangsgebäude gehen, wo ihr euch ausruhen könnt. Auch eine Mahlzeit ist vorbereitet. Und dann werden wir euch darauf vorbereiten, wo und wie ihr in den nächsten Tagen untergebracht und versorgt werdet. Sobald ihr euch dazu in der Lage fühlt, steht die Reise in euer zukünftiges Heimatland bevor. Kommt mit, es ist nicht weit!"

Mittlerweile ist das Landeraumschiff wieder zur Startbahn gerollt und ist nach einem ohrenbetäubenden Start in den Himmel entschwunden. Es fliegt zum Raumschiff *KATSI1,* um die nächsten Aussiedler zu holen.

Der Sprecher des Flughafens gibt bekannt, dass auch das Landeschiff von *KATSI2* mittlerweile das Sternenschiff verlassen hat und sich der *Erde* nähert. Es wird in etwa 8 Stunden landen.

4 Die ersten Eindrücke

Im nahegelegen Hotel, in dem die Ankömmlinge untergebracht sind, ist alles für ihre Ankunft vorbereitet. Es ist ein riesiger Komplex mit 1000 Zimmern und entsprechender Ausstattung, was die Verpflegung, Unterhaltung und medizinische Versorgung betrifft.

Als sie dort ankommen, werden sie natürlich von der Direktion begrüßt und auf ihre Zimmer begleitet. *Sisa* und *Chu Fur* sind dabei und helfen den Außerirdischen, sich zurecht zu finden.

Von *Sisa* und *Chu Fur* weiß man, dass die Außerirdischen frei von ansteckenden Krankheiten sind und auch selbst völlig immun sind. Also irdische Viren und Bakterien und Krankheitserreger können ihnen nichts anhaben. Deshalb ist es auch nicht nötig, sie erst mal in Quarantäne zu stecken.

Nach zwei Stunden ist ein Treffen im Speisesaal anberaumt, wo Essen und Getränke bereitstehen.

Nur einige der Ankömmlinge wollen jetzt schon Speisen zu sich nehmen, denn ihr Organismus soll sich ja schonend auf das neue Leben im Wachzustand und auf der *Erde* vorbereiten. Die meisten aber unterhalten sich, erfüllt von ihrer Freude, es geschafft zu haben, auf der *Erde* anzukommen.

An einem Tisch sitzen die Kinder beisammen mit ihren Freunden aus *Belatera*.

"Was gibt es denn zum Essen? Ich möchte am liebsten ein Glas *Donisse* und ein *Mistro*[25]. Ob es das hier gibt?", fragt *Mirati* vorsichtig in die Runde.

Sisa, die ja als einzige ihre Landsleute versteht, antwortet lächelnd: "Na ja, wir haben hier Zitronenlimo, was so ähnlich schmeckt und ein sehr gesundes Brot mit einer veganen Erbsen-Soja-Zwiebelpaste. Ich glaube das würde dir schmecken. Im übrigen könnt ihr hier alles essen, was euch die *Erde* und *Australien* anbietet. Es ist alles ganz gut für die Mägen von uns Außerirdischen verträglich. Ihr seht das ja an mir!"

Und so werden auch *Karila* und *Aftilis* mutiger und langen tüchtig zu, besonders die süßen Nachspeisen haben es ihnen angetan. Auch wenn *Sisa* sie eindringlich warnt: "Esst erst mal nicht so viel von diesen süßen Sachen, sie schmecken zwar himmlisch, aber es ist wahrscheinlich, dass eure empfindlichen Mägen sie nicht so gut vertragen werden. Ihr bekommt davon Bauchweh!"

Aftilis hat derweil mit *Wolfie* Freundschaft geschlossen. Gleich nach der Ankunft ist ihr aufgefallen, dass bei *Jonas* immer ein Tier dabei ist.

"Oh, das ist aber kein Mensch! Ist das vielleicht ein Haustier? Gehört es dir *Jonas*? Ist es gefährlich?"

"Oh nein, vollkommen harmlos. Das ist mein Hund *Wolfie* und er ist der liebste und klügste Hund der

---

25 *Mistro* - eine Art Brot mit vegetarischem Aufstrich

Welt. Du darfst ihn gerne streicheln. Er mag das sehr gerne."

Und so entsteht eine zutrauliche Freundschaft. *Wolfie* kann gar nicht genug bekommen und so weicht er der ganz begeisterten *Aftilis* erst mal nicht von der Seite.

Zaghaft meldet sie leise ihren Herzenswunsch bei *Jonas* an: "Ach, ich hätte auch so gerne einen solchen Hund als Haustier! Ob das wohl möglich wäre?"

"Klar, warum nicht. Wir, das heißt meine Eltern, denken schon seit einiger Zeit darüber nach, dass *Wolfie* ja auch Vater von eigenen Hundebabys werden könnte. Und dann wärst du bestimmt eine Anwärterin für so einen kleinen Hund. Wäre das nicht schön?"

Aftilis ist vor Freude ganz außer sich und fällt dem etwas verdutzten *Jonas* stürmisch um den Hals: "Danke, danke!"

Nach einigen Stunden ist es Zeit für die Nachtruhe und *Sisa* verkündet: "Liebe Freunde, wenn ihr mögt, könnt ihr euch jetzt zur Ruhe begeben. Ihr wisst, wo eure Zimmer sind, und ich wünsche euch eine angenehme Nacht. *Savane da knasze loru.* Schlaft euch ruhig aus nach einem so ereignisreichen Tag. Morgen, nach dem Frühstück, werden wir anfangen, euch in eure zukünftige Heimat zu bringen. Dazu fliegen wir mit einem Flugzeug etwa 1800 km nach

Südwesten nach *Nullarbor*, wo euer zukünftiges Zuhause, eine für euch erbaute Stadt, sein wird. Das Gebiet dort wird etwa 250 mal 30 km groß sein. Es reicht von der Ansiedlung Eucla im Westen bis zur Head of the Bight Lookout. Es ist eine trockene Ebene und eurer Heimat nicht unähnlich. *Nullarbor* ist zwar ein sehr trockenes Land, aber es hat eine interessante Küste an der Großen Australischen Bucht des Pazifischen Ozeans und ist von besonderem landschaftlichen Reiz.

Der Flug dorthin dauert etwa 3 Stunden, und so könnt ihr erste Eindrücke von diesem Land sammeln. Nach und nach, also in den nächsten 50 Tagen, werden dann die anderen Auswanderer nachkommen, bis die kleine, neue Stadt voll ist. Für eure Unterbringung, für Verpflegung, Einkaufsläden und alle Bedürfnisse dort ist gut gesorgt. Damit wäre dann die erste Phase eurer Einwanderung abgeschlossen.

Aber wir glauben, dass ihr nach und nach euer Leben selbst in die Hand nehmen könnt und auch wollt. Ihr könnt euch also eine eigene Verwaltung geben, ihr könnt selbst entscheiden, wie eure Lebensmittelversorgung aussehen soll und womit ihr eure Zeit verbringen wollt. Damit ihr richtig versteht: Keiner wird hier zu irgend etwa gezwungen. Die Mittel, um euch eine angenehme Zukunft zu geben, sind von der *Erde* aufgebracht worden. Wenn ihr also nichts unternehmen wollt, ist das in Ordnung. Aber ihr könnt eben auch aktiv werden und euer Leben hier selber gestalten. Ihr bekommt dazu jede Unterstützung. Alles kann, nichts muss sein. Und ihr müsst nichts überstürzen. Schaut euch an, wie hier gelebt wird. Dazu sind immer wieder Ausflüge in größere Städte und durch das Land geplant. Ein Sprach- und Schulungsprogramm ist eingerichtet und soll euch bei der Eingewöhnung unterstützen. Es wird ein Büro geben, in dem ihr eure Belange, Fragen und Wünsche loswerden könnt. Kinder werden in Schulen und Betreuungseinrichtungen unterrichtet. Bibliotheken, Werkstätten und Freizeiteinrichtungen stehen für euch bereit. Für euch ist dort eine ordentliche Wohnstruktur geschaffen worden, mit allem, was man zu einem menschenwürdigen Leben braucht. Die Verkehrsanbindung über Straße, Schiene und Luft ist gegeben. Über die Medien, also Zeitungen, Fernsehen und Internet seid ihr mit dem Land und der ganzen Welt verbunden. Alles steht euch zur Verfügung.

Ich weiß, dass dies alles ein wenig viel ist an eurem ersten Tag auf der *Erde*, aber es soll euch ja nur eine erste, grobe Übersicht geben, wie euer zukünftiges Leben hier auf Erden verlaufen könnte. Glaubt mir, wir werden alles tun, um euch den Start hier so angenehm wie möglich zu bereiten. An mir selbst seht ihr, dass dies sicherlich auch euch gut gelingen wird."

5 Wie es weitergeht

Lisa, Jonas und *Sisa* sind unterwegs auf dem *Eyre* Highway. Wo es hin geht? Sie steuern die Ebene von *Nullarbor* an und besuchen die Außerirdischen. Steuern ist übertrieben, denn das Elektroauto fährt ja autonom, also ohne menschlichen Eingriff.

Es sind jetzt 5 Monate seit der ersten Landung der Stellaner in *Australien* vergangen. Alle 39868 Auswanderer sind wohl behalten auf der *Erde* angekommen und haben sich hier im Süden *Australiens* nieder gelassen. Mit viel Aufwand ist hier vor ihrer Ankunft eine kleine Stadt hochgezogen worden, die alles zum Leben bereit hält.

Jonas unterbricht die etwas eintönige Fahrt: "Da vorne, siehst du den Wegweiser? Ich glaube, hier müssten wir von der A1 abbiegen. Ja, da steht es: "*Nullarbor – Neu-Belatera* 10 Meilen"

"Das kann unser Auto selbsttätig, siehst du, es klappt!", beruhigt *Lisa,* als sie von der Hauptstraße abbiegen. "Nun sind es nur noch wenige Kilometer bis wir ankommen. Ich freue mich schon so, *Aftilis* wieder zu sehen. Wir haben uns ja angekündigt, und ich bin so neugierig zu erfahren, wie es ihnen geht."

Jetzt sind sie alle gespannt, was sie erwartet. Schon tauchen die ersten Anzeichen der Stadt auf. Große Solarzellenfelder neben der Straße, ein kleiner Park von Windrädern am Horizont. Und dann, die Straße führt jetzt fast unmittelbar am Meer vorbei, taucht eine große Industrieanlage auf. "Oh, das ist eine Meerwasserentsalzungsanlage, mit Solarenergie wird Trinkwasser aus dem Meer gewonnen. Elend praktisch!", erklärt *Jonas* mit Kennermiene.

"Ja, hier wird der gesamte Bedarf an Wasser für die Stadt erzeugt, denn hier regnet es ja fast gar nicht." *Sisas* Erklärung ist schon fast vergessen, denn jetzt sind sie gerade am Ortsschild von *Neu-Belatera* vorbei gefahren und biegen auf eine der neuen Nebenstraßen ein. Hier wohnt *Aftilis*, Hausnummer 14.

Als sie an dem Wohnblock läuten, springt sofort die Tür auf und ein lachendes junges Mädchen stürmt ins Freie: "Da seid ihr ja endlich, ich habe euch schon sehnlich erwartet. Ich freue mich so sehr, euch wieder zu sehen!" *Aftilis* schließt zuerst *Lisa* und dann *Sisa* und *Jonas* in die Arme und drückt sie ganz fest.

"Kommt herein, ich habe leckeren Kaffee und Kuchen vorbereitet, ich bin ganz verrückt nach Kaffee!"

"Ist ja auch so ähnlich wie *Mogar* bei uns auf *Belatera*, finde ich", meint *Sisa*.

Sie setzen sich an den gedeckten Tisch und dann stürmen sie mit ihren Fragen auf *Aftilis* ein.

"Wie geht es dir? Hast du dich gut eingelebt? Erzähle!", fordert *Jonas* voller Ungeduld.

Doch gerade als *Aftilis* anfängt zu berichten, klingelt es. Sie läuft schnell zur Tür und man hört fremde Laute: "Aste, sobi da *Lisa* e *Sisa* e *Jonas*?"

Und schon stürmen zwei weitere Jugendliche in den Raum, es sind *Mirati* und *Karila*.

"Ich habe sie eingeladen, als ich hörte, dass ihr mich besuchen wollt. So ist es doch viel lustiger, wenn wir alle beisammen sind. Kommt, greift zu, es ist genug Kuchen da!"

"Jetzt erzählt doch endlich, wir platzen ja vor Neugier. Es sind doch immerhin 3 Monate her, dass wir euch das letzte Mal gesehen haben. Da kann elend viel passiert sein." *Jonas* rutscht auf seinem Stuhl aufgeregt hin und her.

Mirati lächelt *Jonas* vielsagend und antwortet: "Na ja, uns geht es elend gut."

Dabei blickt er schelmisch zu *Jonas* und fährt fort: "Wir haben eine moderne Wohnung in *Neu-Belatera* und die Versorgung klappt ausgezeichnet. Mir gefällt es hier ganz toll, ich habe auch schon an zwei Ausflügen nach *Sydney* und *Perth* teilgenommen. Das sind Städte voller Leben und sehr eindrucksvoll. Ich gehe auf das College und studiere Ingenieurtechnik. Sehr interessant, was man auf Erden so alles damit machen kann. Die Erwachsenen hier haben angefangen, einen kleinen Hafen an der Küste zu bauen, damit wir auch mit Schiffen versorgt werden können. Das interessiert mich besonders, denn dann kann man in der Freizeit auch mal Bootsausflüge machen, das wäre sehr aufregend für mich!"

Karila hat nun auch Zeit zum Antworten: "Was mich betrifft, prima, mir gefällt alles hier ausgezeichnet. Ich habe einen Fern-Kurs an der Universität belegt, damit ich vielleicht einmal als Reiseleiterin arbeiten kann. Denn dann stünde mir die ganze Welt offen, ich könnte diese wunderbare *Erde* bereisen und ihre Sehenswürdigkeiten auch anderen Menschen zeigen. Und hier in *Neu-Belatera* haben wir es echt sehr prächtig getroffen. Wir haben eure Sprache gelernt, haben uns schon etwas eingewöhnt an das irdische Leben.

Freilich, auch einiges aus unserer alten Umgebung wollen wir gerne wieder haben, z.B. die Technik der Animationsfilme oder die fortschrittlichen Computersysteme."

Mirati hat eifrig genickt und ergänzt: "Aus dem Raumschiff werden nach und nach die mitgebrachten Schätze, Kulturgegenstände und Baupläne von Erfindungen zur *Erde* gebracht. Man überlegt noch, in welcher Form und wo das alles der *Erde* präsentiert und verfügbar gemacht werden kann. Viele unserer Erfindungen sind auch hier auf Erden sehr nützlich und sollten sicherlich nachgebaut oder angepasst werden. Und für die beiden Raumschiffe in der Umlaufbahn hat man auch schon Pläne. Man wird sie wohl weiter erhalten und als Beobachtungs- und Ausbildungseinrichtungen nutzen. Vielleicht, aber das ist Zukunftsmusik, werden sie ja auch dereinst wieder einmal die lange Reise zu einem fernen Sternensystem antreten, mit freiwilligen Menschen von der *Erde*. Denn der Wunsch, ferne Sterne kennen zu lernen, entspricht einer tiefen Sehnsucht aller intelligenten Rassen. Nicht nur als Notwendigkeit, um sich vor dem Untergang zu retten, sondern auch einfach um der Erkenntnis willen. "

Aftilis, die aufmerksam zugehört hat, mischt sich nun ein: "Ja, hier bei uns in *Neu-Belatera* tut sich so einiges. Ich habe gehört, dass sich schon mehr als 2000 Bewohner für eine Studium oder eine Arbeit hier interessieren und vorgemerkt haben. Man plant, hier eine größere Universität und allerlei Ausbildungsstätten einzurichten. Auch viele Menschen aus allen Teilen der *Erde* würden gerne hier bei uns lernen oder mithelfen, eine lebendige und in das Land integrierte Stadt entstehen zu lassen. Ich weiß das, weil ich mich bei der Stadtverwaltung engagiere, wo solche Nachrichten laufend eintreffen. Man will nach einer Übergangszeit auch uns erlauben, sich frei auf Erden zu bewegen und auch außerhalb zu wohnen. Manche meiner Landsleute würde das schon reizen."

Und *Sisa* ergänzt: "Es gibt Gespräche zwischen den Repräsentanten und der australischen Regierung, dass ihr hier in einigen Jahren den Status eines eigenen Staates erhalten könnt, natürlich in enger Assoziation an *Australien*. Auch bei den Vereinten Nationen habe ich schon entsprechende Gespräche geführt und man steht diesen Plänen sehr aufgeschlossen gegenüber. Man will einfach, dass ihr hier ein erfülltes Leben führen könnt mit allen Rechten und Pflichten der Erdenmenschen. Denn ihr habt uns ja so unendlich viel gegeben und die *Erde* hat euch viel zu verdanken!"

Lisa nickt: "Ja, es entwickelt sich wunderbar, bald werdet ihr hier vollständig in das irdische Leben integriert sein und nach und nach werden noch weitere Einrichtungen errichtet, auch in Bereichen von Kultur und Kunst. Es wird ein Theater und ein Museum gebaut, in dem die Kunstschätze von *Belatera* gebührend ausgestellt werden können. Dazu habe ich euch übrigens etwas mitgebracht."

Die anderen schauen erwartungsvoll und sind sehr neugierig, was *Lisa* meint. Diese holt recht umständlich aus ihrer Umhängetasche einen in Packpapier eingewickelten Gegenstand hervor.

"Ratet einmal, was da drinnen ist", ermuntert sie die Runde. *Aftilis, Mirati* und *Karila* blicken sich etwas ratlos an, schließlich vermutet *Karila*: "Vielleicht ein Präsent von der Regierung, ich habe gehört, dass man es durchaus für möglich hält, dass einige archäologische Fundstücke Millionen Jahre alt sein könnten und in irgendeinem Zusammenhang mit der Ankunft unserer Raumfahrer damals stehen könnten."

"Ja, du hast recht, man hat uralte Funde gemacht, aber nein, das ist es nicht. Ich sehe schon, ihr erratet es nicht. Darum will ich das Geheimnis lüften." Damit wickelt sie das Päckchen aus und zum Vorschein kommt die geheimnisvolle Truhe, mit der alle die phantastischen Entdeckungen ihren Anfang gemacht haben.

"Ich möchte, dass die Truhe bei euch hier im Museum ausgestellt wird, schließlich hat damit ja alles angefangen."

Aftilis, Mirati und *Karila* blicken beeindruckt das kostbare Stück an und meinen: "Ja, da hätte die Truhe einen würdigen Platz. Ohne ihre Entdeckung durch euch, *Lisa* und *Jonas*, wärt ihr nie auf die Anwesenheit von unseren Raumfahrern vor 3 Millionen Jahren gestoßen, dann hättet ihr nie die Zentrale gefunden und schließlich wären auch wir und unser Volk nicht gerettet worden. Eine ungemein wichtige Kostbarkeit!"

Karila nimmt die Truhe entgegen und verspricht, sie bei passender Gelegenheit im Museum auszustellen.

Aftilis lacht und wirft ein: "Genug der Pläne, es läuft alles wunderbar, ich finde, wir sollten das warme Wetter nutzen und uns unten am Meer in ein Eiscafé setzen. Ich habe bei einem Spaziergang letzte Woche entdeckt, dass dort ein Café mit angeschlossenem Eisladen, ach ich glaube, es heißt Eisdiele, aufgemacht hat. Es gibt dort wundervolle Eisbecher, die euch auch schmecken werden! Ich lade euch alle ein, euch den größten Eisbecher, den es dort gibt, auszu-suchen."

Jonas stöhnt erleichtert auf: "Und ich dachte schon, das wird hier eine trockene Planungsrunde. Endlich ein erfrischender Gedanke. Elend geil, ein Eis!"

X - Anhang: Menschen auf *Belatera*

Karila - Mädchen, in Kontakt mit *Sisa*, das den Transport organisiert

Mirati - Junge, in Kontakt mit *Jonas*, der sich um die Raumschiffe kümmert

Aftilis - Mädchen, in Kontakt mit *Lisa*, das die Schätze birgt

Gernos - der Bürgermeister der zweiten Gruppe

Worat - Kommandant der Bodenstation *Moreia*

Zikar-Edon – Kommandant der Raumstation *RZ17*

Eternik – Kommandant von Raumschiff *KATSI1*

Salin - Kommandant von Raumschiff *KATSI2*

Zekris - Kommandant von Raumschiff *KATSI3*

XI - Anhang: Androiden der Zentrale

Karimo – Kommandant der Zentrale

Danissa – weiblicher Android

Alataa – männlicher Android, aus der Höhle der Entdeckungen

Alatee - weiblicher Android, aus der Höhle der Entdeckungen

XII - Anhang: Astronomie des Systems *Stalata*

In den 3 Bänden "Das Geheimnis der Truhe", "Die Geheimnisse der Götter" und im vorliegenden Band "Die Rettung" sind etliche Annahmen und Fakten zum Stern *Stalata* und seinem Planetensystem gemacht worden. Sie sind hier noch einmal summarisch dargestellt.

Abstand *Stalata – Sonne*: 720 LJ

Masse und Leuchtkraft *Stalata*: 10000-fach zur *Sonne*

Anzahl der Planeten: 22

Anzahl der Monde: 227

Schwerebeschleunigung *Belatera*: 1,1-fach zu *Erde*

Durchmesser *Belatera*: 5-fach zu *Erde*

Dauer eines Jahres: 12 Erdjahre

Dauer eines Tages: 3,7 Erdentage

Anzahl der Monde von *Belatera*: 3 große Monde mit den Namen *Aliste*, *Gemadi* und *Karan* und 7 kleine Monde

XIII - Bemerkungen zu Physik und Astronomie

In den drei Bänden meiner Trilogie "Das Geheimnis der Truhe" habe ich recht viele physikalische und astronomische Begriffe und Daten benutzt und damit vielleicht die Geduld mancher Leser etwas strapaziert. Das meiste entspricht dem Kenntnisstand von Physik und Astrophysik. Ein wenig habe ich dabei an meine eigene Begeisterung für Astronomie, Weltraumforschung und Raumfahrt gedacht, die in meiner Jugendzeit entstanden ist. Für genauere Erläuterungen von hier im Buch verwendeten Begriffe möchte ich auf das frei im Internet verfügbare Nachschlagewerk von Wikipedia verweisen, das ich ausführlich benutzt habe.

Einige meiner Beschreibungen entspringen freilich meiner Phantasie, wobei ich aber zumindest den Versuch einer möglichen Erklärung mache.

So ist beispielsweise die im 1. Band eingeführte Heimat der *Belateraner*, der Stern *Stalata*, mit unserem Namen *Beteigeuze*, mit dem relativ jungen Alter von etwa 9 Millionen Jahren sicherlich nicht geeignet, eine menschliche Lebensform und Zivilisation wie die *Belateraner* hervorzubringen. Der Grund ist, das ich einen Stern im Sternbild *Orion* gewählt habe, da dieses eine gewisse mystische Bedeutung im alten *Ägypten* hatte. Außerdem sollte es ein von der Vernichtung betroffenes Sternsystem sein. Dies ist bei

Beteigeuze höchst wahrscheinlich.

Als Entfernung von *Stalata* zur *Erde* habe ich 720 Lichtjahre gewählt. Wegen der sehr schwierigen und mit großen Unsicherheiten behafteten Messungen schwanken die Angaben in der astronomischen Beobachtung zwischen ca. 444 LJ (2007) und 880 LJ (2017).[26]

Die Zahl der Monde dort und dass auf einem äußeren Planeten eine weitere intelligente Rasse lebt, ist reine Fiktion.

Die Angaben zu den Planetenbahnen im System von *Stalata* sind nach der *Titius-Bode-Regel* [27]berechnet, die auch für andere Sonnensysteme erstaunlich genau zutrifft.

Auch der Bereich der habitablen Zone um *Stalata*, in der menschenähnliches Leben möglich scheint, wurde unter Annahme der Leuchtkraft von *Stalata* (*Beteigeuze*) abgeschätzt.

Die Bahnelemente einer Synchronumlaufbahn um *Belatera* und die Berechnungen eines interstellaren Raumflugs entsprechen dem heutigen Kenntnisstand.

Die Aufhebung der Schwerkraft um Gegenstände zum Schweben zu bringen ist sicherlich auch rein fiktiv.

---

26 Https://wikipedia.org/wiki/*Beteigeuze*
27 Https://de.wikipedia.org/wiki/Titius-Bode-Reihe

Eine Tarnkappe, wie im 1. Band beschrieben, ist noch fiktiv, wenn auch Versuche zur Unsichtbarmachung durch Umlenkung oder Auslöschung des Lichts durch exotische Materialien mit besonderen Eigenschaften schon erfolgt sind.

Die Wundermöglichkeiten des *Kirikata* gehören ebenso ins Reich der Phantasie.

Die Realisierung eines Weltraumlifts dürfte eventuell mit fortschrittlicher Technologie in ferner Zukunft möglich sein, denn er verspricht – im Gegensatz zur Raketentechnik - einen sehr energiesparenden Transport von der Erdoberfläche in eine geostationäre Umlaufbahn um die *Erde*.

Raumschiffe mit Ionen-Antrieb und Solarsegeln sind zumindest denkbar und widersprechen nicht den Gesetzen der Physik. Ionentriebwerke in kleinem Maßstab sind teilweise bei heutigen Raumsonden eingesetzt worden. Die ausgestoßene Masse muss allerdings an Bord mitgenommen werden, im Gegensatz zu meiner Methode des Aufsaugens aus dem interstellaren Weltraum.

Fraglich erscheint, ob es je möglich ist, Menschen in Tiefschlafeinrichtungen über viele Jahre oder gar Jahrtausende zu konservieren und anschließend wieder zum Leben zu erwecken.

Für sehr wahrscheinlich halte ich es, dass mit den riesigen Fortschritten der Gentechnik es in ferner Zukunft möglich wird, Krankheiten und Seuchen auszumerzen. Freilich ist hierbei eine ethisch sehr verantwortungsvolle Herangehensweise notwendig.

Auch die Fähigkeit, künstliche Menschen mit enormen Fähigkeiten zu entwickeln, also Androiden, dürfte für die Zukunft realistisch sein. Fortschritte in der Robotertechnik, der Gentechnik und der Künstlichen Intelligenz könnten dies möglich machen.

Um die Jahreswende 2019/2020 ging übrigens die Nachricht durch die Medien, dass Astrophysiker vermuten, dass die baldige Auslöschung des Sterns *Beteigeuze* (also *Stalata* in der Sprache der *Belateraner* in meinen Romanen) im Sternbild *Orion* bevorsteht. Große Helligkeitsschwankungen sind beobachtet worden, was zu der Annahme führt, dass dieser Stern sich in Kürze (das können freilich auch noch Tausende Jahre sein) zu einer Supernova, also einem explodierenden Stern, entwickeln würde. Mittlerweile ist die Helligkeit wieder angestiegen und scheint sich zu stabilisieren, so dass völlig ungewiss ist, ob und wann *Beteigeuze* explodieren wird.

Als mögliche Lösung des Rätsels um die Verdunkelung wird argumentiert, dass von der Oberfläche des Riesensterns große Mengen an ausgestoßenen Gasen zu Staub kondensiert sind und somit zur zeitweisen Lichtabschwächung geführt haben.

Epilog

Mit diesem dritten Band ist meine Trilogie "Das Geheimnis der Truhe" beendet.

Wie es mit den drei Kindern und den Einwanderern von *Belatera* weitergehen wird? Wer weiß das schon!

So viel darf ich euch aber verraten: *Neu-Belatera* hat sich gut weiterentwickelt, seine Bewohner haben sich an das Leben auf der *Erde* gewöhnt und sind mittlerweile mannigfaltig im wissenschaftlichen, technischen, kulturellen und sogar wirtschaftlichen Leben eingebunden.

Ein Jahr nach Ankunft und Besiedelung des Städtchens *Neu-Belatera* wurde in einer feierlichen Veranstaltung allen Einwohnern die australische Staatsbürgerschaft verliehen. Zugleich wurde ein erster Abschnitt eines Museums und Wissenszentrums eingeweiht, in dem ein kleiner Teil der mitgebrachten Schätze und wertvollen Erinnerungen der Stellaner aufbewahrt wird. Ein zentraler Gedenkstein erinnert an die Auswanderer, die bei der Zerstörung des Raumschiffes *KATSI3* ums Leben gekommen sind.

Wie schon bald nach der Entdeckung der Stellaner und der Zentrale sind durch die fortschrittlichen Techniken und Kenntnisse der *Belateraner* zahlreiche irdische Forschungen, Entwicklungen und Erkenntnisse in Gang gekommen und die Menschheit wird einen großen Entwicklungssprung machen.

Und *Aftilis* hat einige Wochen nach dem Besuch von *Lisa*, *Sisa* und *Jonas* eine Einladung zu ihnen nach Hause bekommen, sie möge sich doch dort etwas abholen. Also ist sie mit dem Überlandbus in 27 Stunden und über ca. 2500 km nach *Hummer* gefahren zur Familie *Laurin*. Und ihr erratet es sicher schon: Ein süßer, kleiner Hundewelpe, dessen Vater natürlich *Wolfie* ist, hat dort auf sie gewartet. Und als sie ihn im Arm hatte, war sie restlos glücklich. Ihr größter Wunsch ist damit in Erfüllung gegangen: Ein eigenes Haustier! Und sie hat das Hündchen *Bela* genannt.

Auch wenn beim Schreiben ab und zu eine kleine Durstphase zu überwinden war, so hat es mir doch sehr großen Spaß gemacht, so eine Geschichte auszudenken.
Freilich weiß ich auch, dass dieser dritte Band an einigen Stellen mit astronomischen Fakten bereichert ist. Aber bei einem Roman, der eben hauptsächlich im Weltall spielt, darf das kein Hindernis sein, Freude am spannenden Geschehen und der im Buch erzählten Geschichte zu haben, oder? Meine Faszination für den Sternenhimmel habe ich damit ausdrücken können, denn eines meiner frühesten Hobbys ist und bleibt die Himmelskunde.

Meine Hoffnung, dass sich die Menschheit der Zukunft zu einer friedlicheren und gedeihlichen Zusammenarbeit zusammen findet, schwingt in diesen

Romanen auch als Hintergrundmotiv mit. Dass dies in Zusammenhang mit der Entdeckung von freundlichen und mit überlegenen Kenntnissen ausgestatteten Außerirdischen erfolgt, den Menschen aus *Belatera*, sei durchaus als Hinweis zu verstehen, dass auch der Mensch dazu fähig sein könnte.

Mein besonderer Dank gilt meiner lieben Frau *Evelin*, die immer verständnisvoll war, wenn ich doch beträchtliche Zeit beim Schreiben verbracht habe. Und die mir durch Korrekturen lesen und mit spontanen Ideen gerne weiter geholfen hat.

Inhaltsverzeichnis